로크미디어가
유혹하는
재미있는 세상

ROK
MEDIA
로크미디어

아이템
매니아

아이템 매니아 10

2018년 3월 7일 초판 1쇄 인쇄
2018년 3월 12일 초판 1쇄 발행

지은이 오메가쓰리
발행인 이종주

기획 팀 이기헌 왕소현 박경무 이승제
책임 편집 최이슬

발행처 (주)로크미디어
출판등록 2003년 3월 24일
주소 서울시 마포구 성암로 330 DMC 첨단산업센터 3층 314호
Tel (02)3273-5135 **Fax** (02)3273-5134
홈페이지 rokmedia.com **E-mail** rokmedia@empas.com

값 8,000원

ISBN 979-11-294-2940-7 (10권)
ISBN 979-11-294-0457-2 04810 (세트)

아이템 매니아

오메가쓰리 퓨전 판타지 장편소설

ROK
MEDIA

로크미디어

contents

Chapter 1	7
Chapter 2	47
Chapter 3	101
Chapter 4	137
Chapter 5	173
Chapter 6	211
Chapter 7	249

Chapter 1

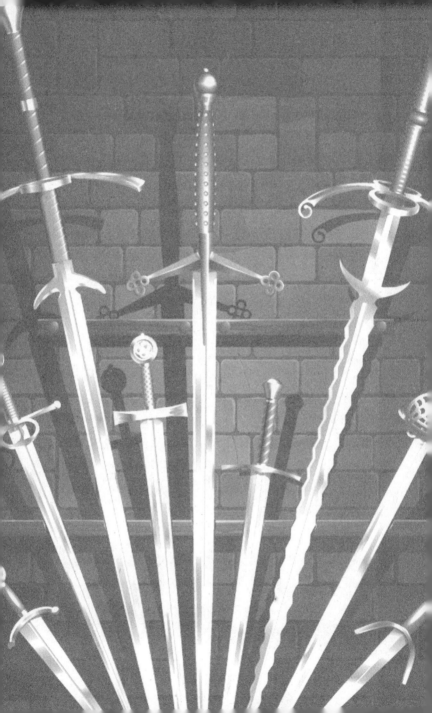

짧은 순간, 변화는 끝이 났다.

덩치는 대머리 독수리처럼 상당히 커졌고, 빠졌다 나기를 반복한 깃털은 타오르는 불꽃의 형상을 하고 있었다.

"삐이이이!"

맹금류의 울음과 비슷하나 훨씬 날카로운 데다가 뭔가 기이한 힘이 느껴진다.

창공을 선회하고 있는 그 모습은 전설상에 나오는 불사조를 연상케 했다.

치느님

종족 : 영물   성향 : 지원

예전과 마찬가지로 흡식이라는 새로운 능력과 함께 60에서 멈춰 있었던 성장도가 상승한 상태였다.

'이번 먹이는 주작이었군.'

세계수의 지킴이 흐레스벨그, 그리고 주작까지.

이 둘의 연관성을 생각해 보면 곧장 떠오르는 게 있었다.

'조류에 반응한다.'

여러 가지 동물이 섞인 모습이긴 하나 일단 주작도 조류에 포함된다고 봐야 할 것이다.

왜 꼭 조류일까.

그건 처음 치느님의 형태로 짐작할 수 있었다.

치느님의 처음 모습은 어딜 봐도 닭이었다.

아무래도 녀석은 동족상잔을 통해 성장하는 것 같았다.

그렇다고 해서 아무 조류나 먹는 건 아니고 몇 가지 정해진 먹이들이 있는 것 같지만 말이다.

―사방신 중 남쪽의 지배자 주작 탈란드라가 쓰러졌습니다.

―머나먼 왕국의 모든 이들이 당신이 이룩한 업적에 경의를 표합니다. 공적치가 100 상승합니다.

–얻을 수 있는 공적치의 한계 수치까지 얻었습니다.

　–머나먼 왕국이 당신의 귀환을 기다립니다.

　–탈란드라의 부리를 획득했습니다.

　치느님이 식사를 끝낸 순간, 고대하던 알림을 들을 수 있었다.

　사방신을 모두 처치해 공적치 400을 획득하는 데 성공했다.

　그것은 입문자가 얻을 수 있는 한계의 수치로, 수비 대장으로 가는 첫 걸음에 성공한 것이기도 했다.

　예상치 못했던 치느님의 성장.

　거기에 목표했던 공적치 400과 사방신의 유물까지. 이보다 더 좋을 수는 없을 터였다.

　하지만 축배를 들기엔 아직은 이르다.

　'귀찮은 녀석들이 남아 있지.'

　수비 대장으로 가는 두 번째이자, 마지막 관문. 그것을 넘어서야만 어느 정도 안심이 될 것이다.

　입가에 그려진 옅은 미소를 지운 그가 남은 시간을 확인했다.

　어느새 1시간만이 남았다.

　주작이 서식하고 있는 남쪽은 머나먼 왕국과는 꽤 거리가 있는 곳.

　하지만 정훈은 걱정하지 않았다.

"치느님, 가자."

"삐이이!"

더욱 강력한 권능으로 무장한 치느님의 공간 이동.

원래라면 일정 범위로만 이동이 가능하나 한 단계 진화를 거치면서 거리의 제한이 없어진 것이나 다름없는 상태가 되었다.

치느님의 몸에서 떨어져 나온 아름다운 색색의 불똥이 정훈의 몸에 닿는 그 순간…….

슈슉.

그의 흔적을 더는 그곳에서 찾아볼 수 없었다.

* * *

"사, 사방신을 모두 처리했단 말이오?"

괴물 토벌의 경과 보고를 듣던 병사가 눈을 동그랗게 떴다.

동서남북의 방위를 지키는 사방신에 관한 건 머나먼 왕국의 사람이라면 누구나 알고 있었다.

신이라 불릴 정도로 강력한 무력을 지닌 괴물들.

가만히 내버려 둘 경우 위협이 된다는 것을 알면서도 전력의 약화를 우려해 감히 나설 수 없었다.

그런데 그 괴물들을 하나도 아닌 넷 모두 처리했다고 한다.

어찌 놀라지 않을 수 있겠는가.

"내 말은 믿지 못해도 이건 믿을 수 있겠지."

믿지 못하는 병사의 앞에 사방신의 유물을 보여 주었다.

별다른 말이 필요 없는 확실한 증거였다.

"잠시, 잠시만 기다려 주시오. 아, 아니. 기다려 주십시오. 이 일은 제가 처리할 수 없는 사안이니 상급자를 모셔오겠습니다."

사방신을 처치했을 정도니 그 실력은 물론, 보장된 직위도 예사롭지 않을 터. 반 존대에서 극존칭으로 바꿔 말한 병사가 성안으로 들어갔다.

그리고 잠시 후…….

"여깁니다."

조금 전 모습을 감췄던 병사와 함께 모습을 드러낸 이가 있었다.

중년인. 멋들어지게 수염을 길러 놓은 그는 일반 병사의 무구보다 화려한 장식을 달고 있었다.

머나먼 왕국의 경비 대장 가우론.

그가 나타났다는 건 그만큼 이번 사안이 대단히 중요하다는 것을 의미하는 것이었다.

"그대가 정녕 사방신을 처리했단 말인가?"

대답 대신 턱짓으로 사방신의 유물을 가리켰다

"오오, 그 말이 사실이었군."

강력한 기운이 느껴지는 그 유물은 의심할 수 없는 증거.

감탄사를 내뱉은 가우론이 정훈의 손을 붙잡았다.

"가세. 그 왕께서 자넬 뵙고 싶어 한다네."

머나먼 왕국을 통치하는 '그 왕'. 소문은 어느새 왕의 귀에 들어간 뒤였다.

이방인에겐 철저히 통제된 성.

가우론의 뒤를 따라 마침내 성안으로 진입할 수 있었다.

황금과 보석, 그리고 골동품으로 장식된 화려한 내부를 구경할 여유는 없었다.

뭔가에 쫓기기라도 하듯 걸음을 재촉하는 가우론을 따라 알현실에 도착한 정훈은 빠르게 장내를 훑었다.

붉은 융단 양측으로 문관과 무관의 대신들이 도열해 있고, 그 끝에 마련된 왕좌에 앉은 왕이 보인다.

"그대가 소문의, 사방신을 처리했다는 그 이방인인가?"

수수해 보이는 금색 왕관을 쓴 노년의 왕. 그 왕이 힘 빠진 음성으로 물었다.

"그렇습니다."

평소 안하무인의 태도는 없다.

시나리오를 이어 가기 위해선 적당히 장단을 맞춰 줄 필요성이 있었기 때문이다.

"과연! 난세에는 영웅이 나타나는 법. 그 강력한 괴물들을 쓰러뜨릴 정도의 인재가 나타난 건 이 머나먼 왕국의 미래도 어둡지만은 않음을 나타내는 것. 그대들의 생각은 어떻소?"

그 왕이 좌중을 둘러보며 물었다.

"지당하신 말씀이옵니다, 폐하."

"이 왕국에 크나큰 홍복이 아닐 수 없습니다."

그 왕의 말에 동의를 표한다. 하지만 그건 오른쪽 편에 선 이들만이었다. 그 왕의 왼쪽 편에 선 이들 모두가 불만이 가득한 얼굴을 한 채 그 왕과 정훈을 번갈아 바라보고 있었다.

"내 일찍이 약조를 한 바 있네. 강력한 괴물을 쓰러뜨린 자가 있다면 그에 합당한 직위를 내려 준다고 말이야."

이미 내부 회의를 통해 결정된 사안이었기에 모두가 고개를 끄덕였다.

"자, 보게. 왕궁을 위협하는 사방신을 쓰러뜨린 이가 눈앞에 있네. 그에게 어떤 직위가 어울린다고 생각하는가?"

조금 전까지만 해도 썩은 동태의 그것처럼 죽어 있던 눈동자에 정기가 감돈다. 어쩐 일인지 그 왕은 평소의 무기력한 모습이 아닌 굉장히 활기찬 모습을 보여 주고 있었다. 그 모습에 웃음을 띤 이들이 있는가 하면 반대로 불만 가득한 모습으로 일관하는 대신들이 보인다.

"신이 한 말씀 올려도 될는지요?"

"오, 그 재상. 할 말이 있으면 말해보게."

그 왕의 오른편, 가장 가까운 곳에 위치한 중년인이 한 발 앞으로 나섰다. 바로 왕의 최측근인 그 재상이었다.

"사방신이라 하면 전력의 약화가 우려되어 왕국에서도 토벌하지 못한 강력한 괴물입니다. 왕국이 해내지 못한 일은 단신으로 해낸 자. 그에게 어울리는 자리라면 결단코 하나뿐이지요."

"그게 무엇인가?"

"이번 피리 부는 사나이의 재앙으로부터 왕국을 지켜낼, 왕국의 병력을 통솔한 수비 대장의 자리입니다."

"그건 아니 될 말이오!"

재상의 말이 끝나기 무섭게 반박하고 나서는 이가 있었다.

계속해서 불만 가득한 얼굴이던 왼쪽 편의 대신들 중 그왕의 가장 가까운 곳에 위치한 이.

큰 덩치와 그에 맞는 우락부락한 근육, 덥수룩하게 기른 수염으로 인해 언뜻 봐서는 산적으로밖에 보이지 않는 그는 바로 이 장군.

머나먼 왕국의 무관을 대표하는 자였다.

"아무리 개인의 실력이 뛰어나다 한들 한낱 이방인 따위를 수비 대장의 직에 앉힐 순 없는 일입니다. 게다가 그는 전략에 관한한 문외한일 게 틀림없는 일. 그 자리엔 무력과 전략, 그 모든 것을 갖춘 놀른만이 어울리지 않겠습니까."

이 장군은 자신의 옆에 선 놀른, 그의 아들을 자랑스럽게 응시했다.

단련된 육신과 금빛으로 번쩍이는 화려한 무구를 착용한 젊은 사내가 바로 수비 대장의 직위에 내정된 놀른이었다.

머나먼 왕국 내에서도 가장 뛰어난 무력을 지니고 있으며 어렸을 때부터 전략과 전술을 지도 받은 엘리트 중의 엘리트.

정훈이 나타나기 전까지만 해도 그가 수비 대장의 직위에 오를 것이라 당언하는 이들도 많았다.

그건 단순히 개인의 역량 때문만은 아니다.

사실 머나먼 왕국은 그 왕과 문관으로 이루어진 왕족파, 그리고 이 장군을 필두로 한 무관들이 모인 장군파로 나뉘어 있었다.

이들의 대립은 피리 부는 사나이로 종식된 쥐 일족과의 전쟁에서부터 비롯되었다.

이전까지만 해도 태평성대를 구가하던 머나먼 왕국은 무관들보다는 왕국의 안정을 위해 문관들의 등용을 중요시했다.

상대적으로 무관들은 천대를 받을 수밖에 없었고, 시간이 지날수록 불만과 갈등을 더욱 커지게 되었다.

그리고 쥐 일족의 반란이 터졌다.

무관과 병력 양성에 큰 힘을 기울이지 않았던 머나먼 왕국은 쥐 일족의 거센 공격에 형편없이 무너져 내렸다.

애꿎은 백성들이 죽어 나갔고, 왕국의 절반 이상이 폐허가 되었다.

다행히 피리 부는 사나이라는 영웅의 도움으로 그들을 물리치긴 했으나 만약 그의 도움이 없었다면 머나먼 왕국은 쥐 일족과의 전쟁에서 패하고 말았을 것이다.

명분을 얻은 이 장군을 비롯한 무관들은 병력 양성과 무관들의 대우의 개선을 요구했다.

　또 다른 반란을 걱정한 그 왕은 이를 받아들였고, 그것은 왕국의 권력이 왕이 아닌 이 장군에게 넘어가는 계기가 되었다.

　왕 위의 왕. 왕국의 사정을 아는 몇몇 사람들은 이 장군을 그렇게 불렀다.

　언제든지 이 장군이 마음만 먹는다면 그 왕을 끌어내리고 왕위를 차지할 수 있을 것이라 판단했기 때문이다.

　물론 이 장군에게도 그러한 욕심이 있었지만, 차마 그 일을 행할 수 없었다.

　역모라 함은 명분이 있어야 하는 법이다. 하늘이 정해 준 왕을 끌어내리는 일이다.

　이것을 백성들에게 이해시키기 위해선 그만한 명분이 따라와야만 했다.

　명분을 찾지 못해 전전긍긍하던 어느 날. 마침내 기회가 찾아왔다.

　피리 부는 사나이와 그가 이끌고 간 쥐 일족이 머나먼 왕국을 공격한다고 선전포고를 놓은 것이다.

　전쟁 통에는 여러 가지 불상사가 생기기 마련.

　이 기회를 통해 왕국의 모든 병력을 통솔하여 쥐 일족을 막아 내고, 더불어 그 왕과 눈엣가시와 같은 왕족파를 모조리 쓸어 버릴 셈이었다.

물론 거사가 성사되고 난 후에는 그 왕과 대신들 일부가 쥐 일족에 의해 사망했다는 비통한 소식을 전해 줄 예정이었다.

그러기 위해선 전 병력을 통솔하는 수비 대장의 직위를 가져와야만 했다.

적절한 인재는 있었다.

오래 전부터 준비한 왕의 씨앗. 바로 이 장군의 아들인 놀른이 그 주인공이었다.

전쟁을 준비하는 동안 강력하게 의견을 밀어 붙여 놀른의 수비 대장 직위를 공고히 다졌었다.

매우 쉬운 일이었다.

왕족파는 놀른과 같은 인재를 갖추지 못했기에 그 의견에 반박조차 할 수 없었던 것이다.

병사를 모집하는 공고를 냈을 때만 해도 마지막 발악이라 생각했다.

그런데 설마하니 사방신을 처리할 정도의 존재가 나타날 줄이야.

예상외의 변수에 당황을 금치 못했으나 아직 그들이 우위에 있는 건 사실이다.

왕국의 병력 중 3분의 2 이상이 그들의 손에 있는 이상 왕족파도 경거망동할 수는 없을 터.

막강한 패를 쥐고 있었던 이 장군은 강렬하게 타오르는 시선으로 그 왕을 응시했다.

"놀른이 빼어난 인재라는 데는 동의하는 바입니다."

그 왕을 대신한 건 언변으로는 적수가 없다는 그 재상이었다.

왕족파의 수장이라 할 수 있는 그가 아니라면 이 장군에게 대적할 수 있는 자가 없었다.

"하지만 소문만 무성할 뿐, 정작 그 실력을 확인한 자는 이 장군과 측근 외에는 없지 않습니까? 언제나 소문은 과장되기 마련. 하지만 지금 이자는 사방신의 유물을 가져와 그 실력을 입증했습니다. 게다가 전략을 말씀하셨습니까? 아직 어떤 부분도 확인되지 않은 일을 마치 진실인 것처럼 이야기하다니요. 아니, 설혹 그가 정말로 전략에 대해 문외한이라 할지라도 큰 문제가 될 게 없습니다. 저를 비롯한 우리 참모진들이 빈틈없는 전략을 세울 테니 말입니다."

논리 정연한 그 말에 이 장군의 안색이 붉게 변했다. 딱히 반박할 말이 없었기 때문이다.

쉽게 흥분하고, 무력을 중요시하는 그가 언변으로 그 재상을 누르기엔 부족함이 많다.

"제가 한 말씀 드리겠습니다."

하지만 이 장군의 진영에도 무관들만 있는 게 아니었다.

염소수염을 기른 중년인이 나왔다. 이 참모. 이 장군을 오랫동안 지켜 온 참모로 언변에 관해선 그 재상을 감당할 수 있는 유일한 적수라 할 만했다.

"지금은 머나먼 왕국이 실로 위험한 상황에 놓인 때입니다. 이곳에 있는 모두는 왕국을 걱정하는 이들로 그것을 의심할 자는 없을 겁니다. 하지만 이 잔 어떻습니까? 실력이 있는 건 증명되었으나 출신은 어느 곳인지, 혹 딴맘을 품고 있는지 아무것도 증명된 게 없는 자이지 않습니까. 중차대한 지금 상황에서 일면식도 없는 이방인을 수비 대장의 직위에 놓는다. 흐음. 이건 기름을 두르고 불 속에 뛰어드는 것만큼 위험한 일이라 생각됩니다만. 비단 그게 저만의 생각은 아니겠지요?"

날카로운 그의 뱁새눈이 그 왕과 문관들에게 향했다.

"으음."

"어험!"

불편한 기침이 이어진다.

물론 그것을 행한 쪽은 왕족파였다.

틀린 말이 하나도 없었다.

왕국의 위기를 논하는 상황에서 신분이 증명되지도 않은 이방인을 등용하는 건, 특히 수비 대장이라는 직책에 봉한다는 건 참으로 위험한 일일 수밖에 없다.

'마땅히 반박할 말이 없구나.'

분한 얼굴의 그 재상이 그 왕과 눈을 교환했다.

사실 외부인을 받아들이는 게 얼마나 허술한 일인지 그들 또한 잘 알고 있었다.

그럼에도 계획을 진행할 수밖에 없었던 건, 궁지에 몰렸기 때문이었다.

이대로 두고 보다간 모조리 죽어 나갈 판이니 무리한 도박이라도 감행해야 했던 것이다.

하지만 결국, 이 모든 일이 무산될 위기에 처했다.

"당사자를 앞에 두고 이방인이네, 믿지 못하겠네. 더럽게 말이 많네."

줄곧 지켜보기만 하던 정훈이 독백하듯 중얼거렸다.

물론 음파에 힘을 실어 내보낸 것인만큼 장내에 있는 모든 이가 똑똑히 들을 수 있는 음성이었다.

"감히 어느 안전이라고!"

"건방지기 이를 데 없구나!"

안하무인의 태도에 이 장군파가 노함을 드러냈다.

왕족파의 히든카드인 정훈을 제거할 절호의 기회라 여긴 것이다.

"폐하, 한마디만 해 주시면 됩니다."

영문 모를 말을 내뱉던 정훈의 시선이 이 장군과 그들 일파에게 향했다.

"저들을 모조리 죽여라. 그리 명령만 내린다면 모든 게 해결될 테니 말입니다."

고오오─.

정훈이 내뱉은 건 황당한 말만은 아니었다.

줄곧 감추고 있었던 기세를 방출하자 알현실 내부는 그의 존재감으로 가득 찼다.

"크으!"

감히 항거할 수 없는 존재감에 모두의 얼굴이 일그러진다. 아니, 일그러진 정도면 좋은 축에 속한다.

적의를 받아 내야 하는 이 장군과 그 일파는 내리 누르는 듯한 그 압박감에 고개조차 들지 못하는 지경이었다.

'이럴 수가!'

그래도 일국의 무력을 담당하는 이들이다.

그런데 고작해야 기세를 발산한 것만으로 이런 압박감을 느끼다니.

하지만 당황하는 그들과 달리 그 왕의 눈은 그 어느 때보다 빛나고 있었다.

'하늘이 주신 기회로다.'

벼랑 끝에 몰려 있었다. 그런데 뜻밖의 기회가 찾아왔다.

이 기세, 본신의 무력은 미약할지 모르나 사람을 보는 눈은 남다른 그였다.

그렇기에 단호하게 말을 꺼낼 수 있었다.

"감히 짐에게 거역한, 반란을 꿈꾼 이 장군과 그 일파를 모조리 죽이도록 하라!"

그 음성은 60 인생의 중 그 어느 때보다 맑고 또렷한 것이었다.

"기꺼이 그리하겠습니다."

상체를 숙여 예를 표한 그의 눈동자가 이 장군과 놀른에게 향할 무렵이었다.

"크하하하하!"

악에 받친 광소가 터져 나왔다.

근원지는 바로 이 장군. 허리를 꺾은 채로 요란하게 웃어 대던 그의 웃음은 어느 순간 뚝하고 끊겼다.

"왕국을 위해 그토록 노력했건만. 우리를 이리 취급하시다니요, 폐하!"

사나운 불꽃을 드러낸 이 장군의 눈이 그 왕을 직시했다.

"노력? 그대가 정녕 이 왕국과 백성을 위해 노력했단 말인가? 개인의 사리사욕을 채우려는 게 아니고? 왕위를 넘보려는 게 아니었냐는 말이다!"

"그렇게 되도록 몰아간 건 바로 폐하십니다."

"무엇이?"

"기억나지 않으십니까? 저와 무관들을 천대했던 그 나날들을 말입니다."

이 장군은 대대로 머나먼 왕국을 지켜 온 이름 난 무가 출신이었다.

대대로 왕을 수호하는 가문.

이 얼마나 멋진 일이란 말인가.

어렸을 때는 이를 자랑스럽게 여기기도 했었다. 하지만 그건 한순간에 지나지 않았다.

평화의 시대에 무력을 지닌 집단, 즉 이 장군의 가문은 왕권을 위협하는 최대의 적이라 할 수 있었다.

이로 인해 그 왕은 점차 이 장군과 무관들을 천대하며 문관들에게 힘을 실어주는 정책을 펼쳤다.

하지만 이 장군은 그 왕의 일변한 태도에도 아랑곳하지 않았다.

믿었기 때문이다, 머지않아 다시 자신을 찾아 줄 것임을.

그 확고하기 그지없는 충심이 역심으로 바뀌는 데는 20년이란 세월이 필요했다.

오랜 시간 동안 왕의 곁을, 왕국을 수호한 대가가 이것이란 말인가.

믿었던 그 왕의 배신에 치를 떤 그는 부하들의 의견을 받아들여 왕국을 뒤집어엎을 역모를 꾀하였다.

그 시작은 쥐 일족을 끌어들이는 것이었다.

머나먼 왕국의 지하 세계에 거주하고 있던 그들을 분노케 해 반란을 일으키게 한 주동자, 그가 바로 이 장군이었던 것이다.

처음에는 목적한 대로 왕과 일파를 쓸어 버릴 수 있을 줄 알았다.

피리 부는 사나이가 등장하기 전까지만 해도 말이다.

그들의 계획은 피리 부는 사나이의 등장으로 수포로 돌아갈 수밖에 없었다.

왕국의 절반이 폐허가 되긴 했으나 여전히 왕과 그를 따르는 일파들이 건재한 상황.

훼방꾼인 피리 부는 사나이를 제거하는 건 당연한 수순이었다.

암살자를 통해 피리 부는 사나이의 죽음을 확인했다.

뜻밖의 훼방꾼으로 인해 계획한 일이 틀어졌다. 물론 소기의 성과는 거둘 수 있었다.

쥐 일족과의 전쟁으로 왕국이 전시 체제로 돌입한 것이다.

전시 체제에는 문관보다 무관의 위상이 높아지는 건 당연한 일.

이 기회를 통해 이 장군은 병권을 통합했고, 머나먼 왕국의 병력 대다수를 본인의 휘하로 둘 수 있었다.

그것은 언제든 마음만 먹는다면 왕위도 빼앗을 수 있을 정도의 힘이었다.

하지만 명분이 없었다. 아니, 명분도 명분이지만 왕을 수호하는 왕실 수호 기사단의 힘도 무시할 수는 없는 일이었다.

기회를 보던 나날들, 그리던 중 피리 부는 사나이의 선전 포고를 접할 수 있었다.

죽은 줄로만 알았던 그의 생환이 조금은 의아하긴 했지만, 이것이야말로 기다리고 기다리던 기회라 여겼다.

다시 찾아온 기회를 놓치지 않기 위해 덫을 파 놓고 기다렸다.

믿음을 저버린 주군의 목줄을 움켜쥐기 위해서 말이다.

"폐하가, 폐하가 만약 믿음으로 우릴 돌보았다면 이런 사태까지 일어나지 않았을 겁니다. 모든 것이 폐하의 잘못이란 말입니다!"

지난날의 회한과 분노를 담은 외침이었다.

그와 함께 이 장군을 비롯한 모든 장수들이 품 속을 뒤지며 검은 액체가 담긴 물약 병을 꺼냈다.

쥐 일족에게서 얻은 금단의 물약, 역혈易血의 마약이었다.

이것을 복용한 자는 순간적으로 매우 강력한 힘을 얻는다.

현신의 초입 단계에 머물러 있는 그들을 현신의 끝에 이르게 하는 대단한 효과를 지니고 있는 것.

알현실에 모인 그들의 숫자만 100이 넘는다.

100이 넘는 그 모든 이들이 현신의 끝에 도달한다고 한다면, 아무리 정훈이라 해도 그들을 감당하는 건 불가능한 일이다.

"흡!"

"이, 이 무슨!"

하지만 이러한 제반 사정을 모두 알고 있는 정훈이었다.

그리고 그는 그 일이 일어나도록 가만히 내버려 둘 위인이 아니었다.

"삐이이!"

어느새 나타난 치느님이 불꽃과도 같은 몸체를 자랑하며 천장을 배회했다.

한 단계 진화로 더욱 강력해진 치느님의 권능인 구속이 일순간 이 장군과 그의 부하들의 움직임을 멈춰 놓은 것이다.

"이익!"

금방이라도 터질 것처럼 붉게 달아오른 얼굴. 하지만 아무리 안간힘을 쓴다 해도 5초 동안 몸을 움직이는 건 불가능한 일이었다.

"천지양단."

횡으로 휘두른 검의 잔상이 장내에 있는 모든 이들의 목 언저리를 스치고 지나갔다.

"허억!"

목이 잘리는 것과 같은 끔찍한 상상을 떠올릴 수밖에 없었다.

그 왕을 비롯한 모두가 목이 제대로 붙어 있는지 떨리는 손으로 목을 더듬거렸다.

다행히 목에는 이상이 없었다.

숨도 여전히 붙어 있다.

하지만 그것은 정훈이 적의를 보이지 않은, 오직 왕족파에 만 해당하는 것이었다.

투투툭.

목이 잘린, 혹은 허리가 잘린 시신이 생겨났다. 그 모든 인원은 이 장군과 휘하에 있는 반역자들로만 이루어져 있었다.

"허어!"

머나먼 왕국을 대표하는 장군들이 일시에 사망했다.

그 압도적인 위용에 그 왕은 감탄과 함께 두려움을 내포한 신음을 내뱉을 수밖에 없었다.

아군이어서 망정이지, 만약 그가 이 장군의 편을 들었다면 오늘 이곳이 그의 무덤이 되었을 것이다.

"이제 제 수비 대장의 직위에 반대하는 사람은 없는 것 같 군요. 그렇지 않습니까 폐하?"

빤히 바라보는 정훈의 시선에 그 왕은 고개를 끄덕여야만 했다.

뼈 있는 그의 말은 반대라도 했다간 네 녀석의 목도 날려 버릴 것이라고 말하고 있었기 때문이다.

―그 왕의 승인을 얻어 수비 대장의 직위에 올랐습니다.
―성의 병력 및 건물을 건설할 수 있는 권한을 얻었습니다.

정훈이 그토록 수비 대장에 목을 매야만 했던 이유가 알림 으로 드러났다.

오직 수비 대장의 직위를 가진 자만이 병력의 운용 및 내 부 시설을 이용할 수 있기 때문이었다.

"그럼 전 할 일이 많아서."

더는 이곳에 남아 있을 이유가 없다.

수비 대장의 직위를 얻어 낸 그는 일말의 미련조차 남기지 않은 채 알현실을 나왔다.

탓!

정숙해야 할 성안임에도 아랑곳하지 않은 채 신형을 날렸다.

하지만 그 누구도 정훈을 제지하는 일은 없었다.

전시 체제에서의 수비 대장이란 직책은 사실상 왕의 권한을 뛰어넘는 것이기 때문이다.

성을 벗어난 그는 어느새 성벽을 눈앞에 둘 수 있었다.

쾅!

지면을 밟고 힘껏 솟아올라 성벽에 안착했다.

그런 그의 정면에 나타난 건 장작을 모아 둔 봉화였다.

본래는 멀리 있는 아군에게 어떤 메시지를 전달하는 역할의 것이나 정훈은 이것에 숨은 기능을 알고 있었다.

보관함에서 꺼낸 건 수비 대장의 직위를 획득하기 위해 가져온 사방신의 유물이었다.

화르륵.

용광검에 일으킨 불길을 봉화에 옮겼다.

그 어떤 불꽃보다 강력한 힘을 지닌 불길은 금방 장작을 타오르게 만들었다.

맹렬하게 타오르는 불꽃을 바라보던 정훈은 무심하게 칼

산의 가죽을 던져 넣었다.

　타타탁.

　이물질이 거슬렸던 것일까. 더욱 강렬하게 타오른 불길이
그것을 집어 삼켰다.

　-칼산의 가죽이 봉화에 타오릅니다.

　-머나먼 왕국 성에 금의 기운이 활성화됩니다.

　-이제 성벽은 어떠한 공격에도 부서지지 않는 단단함을 자랑하게 되
었습니다.

　사방신의 유물은 단순히 수비 대장의 직위를 주는 역할만
하는 게 아니었다.

　정훈의 눈앞에 있는 발전의 봉화에 태워지면 숨겨진 능력
을 발휘하게 되는 것.

　금의 기운을 품은 칼산의 가죽은 성벽을 단단하게 만들
었다.

　화의 기운을 품은 탈란드라의 부리는 성벽 곳곳에 강력한
불덩이를 발사하는 화포를 생성하게 했다.

　목의 기운을 품은 룬바의 비늘은 성곽에 거대한 나무를 자
라게 만들었고, 이 영향권 내에 있는 모든 아군에게 놀라운
재생력의 효과를 부여했다.

　마지막 수의 기운을 품은 자이곤의 등껍질은 성을 둘러싸

는, 눈에 보이지 않는 투명한 막을 겹겹이 생성해 모든 외부의 공격으로부터 성을 지키는 효과를 자랑했다.

사방신의 유물을 통해 머나먼 왕국의 성은 보다 완벽한 철옹성으로 바뀌었다.

하지만 정훈은 그것으로 만족하지 않았다.

이번 그의 목표는 단 하나의 적도 성으로 통과시키지 않는 것.

비록 사방신의 유물을 통해 철옹성이 되었다 해도 강력한 힘을 지닌 피리 부는 사나이로부터 성을 온전히 지키는 건 불가능한 일이었다.

"주인의 명에 응해라, 나의 종들아."

심연에서 올라오는 듯한 음성이 담담히 울려 퍼지는 그 순간이었다.

찌익.

공간이 찢어졌다.

그리고 벌어진 그 틈새로부터 오색찬란한 빛에 휩싸인 존재들이 하나둘 모습을 드러내기 시작했다.

오색찬란한 빛은 그들의 몸에서부터 뿜어져 나오는 것.

분명 외형은 인간과 닮아 있었지만, 피와 살로 이루어진 존재가 아니었다.

수백이나 되는 그 존재는 전설의 금속 오리할콘으로 만들어진 골렘, 아틀란티스를 지키는 임무를 부여받은 가디언들이었다.

본래는 그들을 만든 아틀라스의 명령만을 따르나 아틀란티스를 차지한 정훈에게 귀속이 되었다.

영원의 터에 귀속된 병력은 주인의 의지 하에 얼마든지 현세계로 불러낼 수 있다.

물리와 마법, 그리고 모든 속성에 90퍼센트의 저항력을 갖춘 골렘 수백 기가 공간을 찢고 나와 정훈의 앞에 도열했다.

"성벽을 넘어오는 모든 존재를 멸해라. 단 하나의 예외도 없어야 한다."

그가 원하는 단 하나의 명령을 받은 골렘들이 제각기 흩어져 굳건하게 자리를 지켰다.

지원은 오리할콘 골렘만이 아니었다.

아틀란티스의 보물을 통해 더욱 강력한 힘을 손에 넣은 72마신을 배치했다.

사방신의 유물로 철옹성이 된 성, 거기에 기존 머나먼 성의 병력과 더불어 오리할콘 골렘과 72마신이라는 든든한 우군까지 합세했다.

정훈이 할 수 있는 모든 준비가 끝난 셈이었다.

할 수 있는 모든 준비를 마친 정훈은 저 먼 곳으로 시선을 뒀다.

두두두.

더할 수 없이 발달한 그의 귓가로 지축을 울리는 진동이 감지되었다.

다른 이들에게는 보이지 않을 먼 곳이지만, 정훈의 시야로
는 또렷하게 보였다.

지면을 장식한 회색 물결이 성을 향해 접근하고 있었다.

말 그대로 물결은 아니다. 그것의 정체는 회색 털을 지닌
쥐 일족이었다.

쥐라곤 하지만 외형은 인간과 흡사하다.

다만 머리와 빼곡히 자라난 회색 털, 그리고 길게 솟은 꼬
리가 쥐라는 것을 나타내고 있을 뿐.

어림잡아 수십만은 되어 보이는 엄청난 수의 병력이 맹렬
한 속도로 다가오는 중이었다.

"저, 적이다!"

"쥐 일족이 나타났다!"

뒤늦게야 그들을 발견한 정찰조가 고래고래 소리 지르기
시작했다.

둥둥.

적의 등장을 알리는 요란한 북소리가 장내에 울려 퍼지고,
궁수와 마법사를 비롯한 원거리 공격 가능 병력이 성벽에 배
치되었다.

"너희도 준비해."

그 명령에 마신들은 강력한 마기를 응축시켰고, 오리할콘
골렘들은 신체를 변형시켜 대포의 형상을 만들었다.

막 준비를 마친 그들에게서 시선을 돌린 정훈 또한 자신의 모든 마력을 방출하기 시작했다.

구구구궁.

감히 그 무엇과도 비견할 수 없는 강력한 기운에 의해 대기가 요동쳤다.

현신의 끝에 이른 무한한 마력을 응축시키고, 또 응축시켰다.

그 목적은 하나. 최대한의 파괴력을 내는 것. 그렇기에 더 이상 응축시킬 수 없을 만큼 계속 마력을 뽑아냈다.

"크으!"

"압력이······."

정훈의 주변에 있던 병사들이 비명을 질러 댔다.

고작 기운을 뿜어내는 것만으로 느껴지는 중압감에 온몸이 터질 것만 같았기 때문이다.

하지만 정훈은 그들의 사정을 봐줄 생각은 없었다. 실제로 몸이 터진다거나 하진 않을 테니 말이다.

"모두 준비!"

접근하는 쥐 일족을 응시하던 정훈이 소리쳤다.

쩌렁하게 울린 그의 외침은 성안에 있는 모든 이들이 들을 수 있을 정도로 멀리 울려 퍼졌다.

당연히 근방에 있는 병사들이 못 들을 턱이 없다.

누군가는 활의 시위를 메기고, 또 다른 누군가는 마력을 유형화해 모양을 만들었다.

각자 지니고 있는 가장 강력한 스킬을 쏟아부을 수 있도록 만반의 준비를 끝마쳤다.

모두의 시선이 정훈에게 향했다.

그 왕의 승인으로 수비 대장의 직위에 오른 그만이 공격 명령을 내릴 수 있기 때문이다.

두두두두.

어느새 성벽 근처까지 다가온 쥐 일족이 더욱 속도를 높인다.

100미터, 80미터, 50미터.

지척까지 다가왔으나 정훈의 입술은 결코 벌어질 생각을 하질 않았다.

두근두근.

긴장감으로 인해 모두의 심장이 터질 듯한 바로 그 순간이었다.

"공격!"

마침내 떨어진 명령과 함께 성벽을 넘어 색색의 기운이 쥐 일족을 향해 쏟아졌다.

콰콰콰콰쾅!

수천 명, 그것도 9막에 소속되어 있는 정예 병사들이 쏟아낸 것이었다.

엄청난 대폭발과 함께 자욱한 흙먼지가 사위를 감쌌다.

대부분이 시야를 확보하는 데 어려움을 겪는 와중에도 정훈만큼은 똑똑히 볼 수 있었다.

여전히 많은 쥐 일족이 성벽을 타고 올라오고 있는 것을 말이다.

그들은 별다른 장비도 없이 성벽에 손과 발을 찍으며 올라왔다.

이것이 별다른 공성 장비가 필요 없는 이유기도 했다.

평지를 달리는 것처럼 성벽을 오를 수 있는데, 굳이 장비를 이용할 필요가 없었던 것.

하지만 높은 성벽을 올라야 하는 통에 정체 현상이 나타났다. 정훈이 노린 때는 바로 지금이었다.

성벽 앞에 개떼처럼 모인 쥐 일족을 바라보며 응축시킨 마력을 쏘아 보냈다.

"하늘이 벌을 내린다."

강대한 그의 마력이 불러낸 건 창공으로부터 떨어지는 푸른 벼락이었다.

천벌.

그가 지니고 있는 강력한 권능이었다.

하지만 그건 기존의 것과는 조금 달랐다.

이전의 여와에게 사용했던 건 선과 같이 작은 벼락 줄기인 것에 비해 이번에는 벼락의 두께가 남달랐다.

반경 100미터 안에 있는 모든 적을 집어삼키는 푸른 벼락은 단순히 그 범위만의 적에게만 피해를 주는 게 아니었다.

파지직.

지면에 흡수된 벼락이 파도처럼 영역을 확장해 주변에 있는 쥐 일족을 감전시켰다.

단순한 감전이 아니다. 하늘의 힘을 품은 그것은 스치는 것만으로도 즉사할 수밖에 없는 파괴의 권능이었다.

고작 한 번 내려친 벼락으로 인해 성을 오르려 했던 쥐 일족이 모조리 몰살했다.

"찍!"

"찌직!"

뒤이어 성벽을 오르려던 후방 병력이 그 참혹한 현장에 차마 접근할 엄두를 내지 못했다.

쥐 일족의 특성 중 하나가 두려움을 모르는 것이라 하지만, 일거에 수만이 쓸려 나갈 정도의 위력이라면 없는 두려움도 생겨날 수밖에 없었다.

"발사!"

처음에 가한 맹공은 병사들에게만 한정된 것이었다.

지금까지 대기하고 있었던 72마신과 오리할콘 골렘이 공격을 개시했다.

콰쾅, 콰콰콰쾅!

고작 수백에 불과한 그들의 공격은 조금 전 병사들에 못지않은 위력으로 쥐 일족을 죽여 나갔다.

"지금이다. 공격을 퍼부어라!"

어마어마한 수에 압도되어 있었던 병사들 또한 신이 난 나머지 재차 공격에 가담했다.

연이은 폭격에 쥐 일족은 변변한 저항 한 번 하지 못한 채 몰살하고 말았다.

"녀석들을 물리쳤다!"

"하핫! 별거 아니었잖아."

"괜히 쫄았네."

고작 10분이 지나기도 전에 수십만에 달하는 적 병력을 몰살시켰다.

병사들이 자신감을 가지는 것도 당연한 일이라 할 수 있을 것이다.

"안심하긴 아직 일러."

단 한 명, 정훈만큼은 그리 생각하지 않았다.

싸늘한 그의 말은 자신감으로 부푼 병사들에게 찬물을 끼얹는 것이었다.

'이건 전초전에 불과하지.'

비록 수십만의 적을 처리했다곤 하나 고작해야 아무런 능력도 없는 1레벨의 쥐새끼들이다.

있으나 없으나 한 녀석들을 처리해 놓고 의기양양하면 곤란하다. 진짜는 바로 지금부터니 말이다.

두두두.

과연 정훈의 예상은 빗나가지 않았다.

쥐 일족이 몰살당한 직후 다시 한 번 지축을 울리는 진동이 있었다.

멀리 시선을 둔다. 이번에는 조금 전과는 다른 검은 물결이 성을 향해 접근해 오는 중이었다.

"어, 어? 끄, 끝난 게 아니었어?"

병사들은 아연실색한 얼굴로 물결을 바라봐야만 했다.

잠시 후 드러났지만, 검은 물결의 정체는 쥐 일족이었다. 회색 털을 가진 것과는 달리 검은 털을 지닌 녀석들이었다.

"명령은 하나다. 녀석들이 접근하지 않도록 막아라."

모두가 똑똑히 들을 수 있도록 음파를 실어 보낸 후 훌쩍 성벽을 넘었다.

턱.

깃털처럼 가볍게 지면에 착지한 그가 정면을 응시했다.

무서운 기세로 달려오는 쥐 일족의 병력이 눈에 들어왔다.

'2레벨은 폭탄병이었던가.'

1레벨의 쥐새끼가 아무런 능력도 없는 일반 보병이라면 2레벨의 쥐새끼는 폭발하는 능력을 지닌 녀석들이었다.

목적은 성벽을 파괴하는 것. 물론 칼산의 가죽을 통해 금의 기운을 두른 성벽에 쉽게 부서질 리는 없다.

하지만 그것도 한계가 있는 법.

한계 이상의 충격이 가해진다면 성벽을 부서지고, 그곳을 통해 쥐새끼들이 접근하게 될 것이다.

그럼 모든 계획이 망가진다.

어디까지나 정훈의 목적은 단 한 마리의 쥐새끼도 성안으로 들이지 않는 것이었기 때문이다.

그렇기에 직접 성벽을 넘었다.

목적한 대로 단 한 마리의 쥐새끼도 접근시키지 않기 위해서 말이다.

"흡!"

숨을 들이마시며 힘을 모은다.

양손은 허리 뒤쪽으로 잔뜩 끌어당겼다.

발도의 자세. 그것도 폭발적인 위력을 내기 위한 그만의 독특한 쌍검의 응용술이었다.

"으리얍!"

조금 전에도 그랬지만, 오직 파괴만을 위한 목적의 동작이다.

있는 힘을 다해 양손의 검을 휘둘렀고, 곧이어 엄청난 결과가 눈앞에 펼쳐졌다.

후두둑.

사지가 절단된 쥐 일족의 시신만이 주변을 가득 채웠다.

맹렬한 기세로 달려오던 대군이 뭐 하나 제대로 해 본 것 없이 죽어 나간 것이다.

물론 살아남은 녀석들도 있었지만, 녀석들이라고 해서 멀쩡한 건 아니었다.

"찌이익!"

반쯤 덜렁거리는 허리를 가누지 못한 채 쓰러진다.

팔이나 다리 등이 잘려 나간 채 기어서 움직이는 녀석들도 있었다.

살아남은 적이라고 해 봐야 사실상 전투 불능에 가까운 타격을 입은 상태였다.

"맙소사!"

"내가 꿈을 꾸고 있는 건 아니겠지?"

믿기지 않는 정훈의 무력에 성벽에 선 병사들이 눈을 비빈 채 다시 한 번 그 참상을 확인했다.

분명 꿈은 아니다. 지금 그들은 꿈만 같은 현실을 경험하고 있었다.

"두 번 말하지 않는다. 쥐새끼들이 하나도 침입하지 않도록 최선을 다해라."

병사들은 믿지 않는다.

신용할 수 있는 아군, 72마신과 오리할콘 골렘에게 다시 한 번 당부의 말을 남긴 그가 몸을 튕겼다.

탈란드라의 화포가 있는 이상 3레벨의 적은 비교적 쉽게 처리할 수 있다.

그 틈을 노려 정훈이 해야 할 일은 꼭꼭 몸을 숨기고 있는 피리 부는 사나이를 처리하는 것이었다.

정훈이 해야 할 일은 성안으로 쥐들이 접근하지 못하도록 하는 것도 있지만, 5레벨의 적들이 등장하기 전 피리 부는 사나이를 제거하는 것도 포함되어 있었다.

그 시기는 비교적 숫자가 많은 1, 2레벨의 쥐들을 처리한 직후가 가장 적합하다.

쉬이익.

바람이 칼날과도 같이 몸을 스치고 지나갔다.

눈을 제대로 뜰 수 없는 거센 저항에도 아랑곳하지 않은 채 날카로운 눈으로 주변을 훑었다.

삐릴리리.

스쳐 지나가는 바람 소리만으로 가득하던 그의 귓가로 아름다운 풀피리 소리가 감지되었다.

심연처럼 가라앉아 있었던 정훈의 눈동자가 번뜩였다.

콰앙!

크레이터를 남긴 지면을 뒤로한 채 맹렬한 속도로 나아갔다.

공간을 접어 뻗어 나간 그의 신형이 멈춰 선 곳은 한 줄기 햇살이 들어오는 숲의 공터였다.

삐리리리.

그곳을 지키고 있는 건 마치 풀잎으로 만든 것과 같은 녹색 복장을 착용한 젊은 사내였다.

그는 가만히 눈을 감은 채 길게 늘어뜨린 이파리 하나로

혼자만의 연주회를 열고 있었다.

스팟!

문답무용.

전력을 담은 정훈의 검이 공간을 갈랐다.

카칵.

하지만 기대했던 성과는 없었다.

손에든 풀잎을 병기처럼 이용해 정훈의 전력을 막아 냈다.

웬만한 일에는 눈 하나 깜짝하지 않는 정훈이었지만, 지금 이 순간만큼은 놀란 마음을 숨기지 못했다.

'막았어?'

되도록 빨리 끝내기 위해 전력을 담았다. 고작해야 거쳐 가는 과정에 불과한 피리 부는 사나이가 이토록 간단히 막아 낼 만한 것이 아니었던 것이다.

"어느 날 그분이 내게 말씀하셨습니다."

손아귀에 힘을 주어 정훈을 밀어낸 피리 부는 사나이가 입을 열었다.

"사악한 뜻을 품은 이들을 저지하기 위해 너에게 강력한 힘을 부여하겠노라고."

영문 모를 말을 중얼거린 피리 부는 사나이가 감았던 눈을 떴다.

화악.

그리고 그의 눈에서부터 감히 쳐다볼 수 없는 황금빛 광채가 뿜어져 나왔다.

"망할!"

저도 모르게 욕설이 튀어 나왔다.

그냥 보이기 식의 광채였다면 당황하는 일은 없었을 것이다.

하지만 지금 광채에서 느낀 기운, 그것은 정훈이 느끼기에도 끝을 알 수 없는 미증유의 힘을 내포하고 있었다.

"그것이 바로 당신을 저지하기 위한 힘이라는 것을 지금에서야 깨달았습니다."

전신에서부터 강력한 기운을 줄기줄기 뿜어 대는 피리 부는 사나이.

그 엄청난 힘 앞에 정훈은 자신도 모르게 마른침을 삼켜야만 했다.

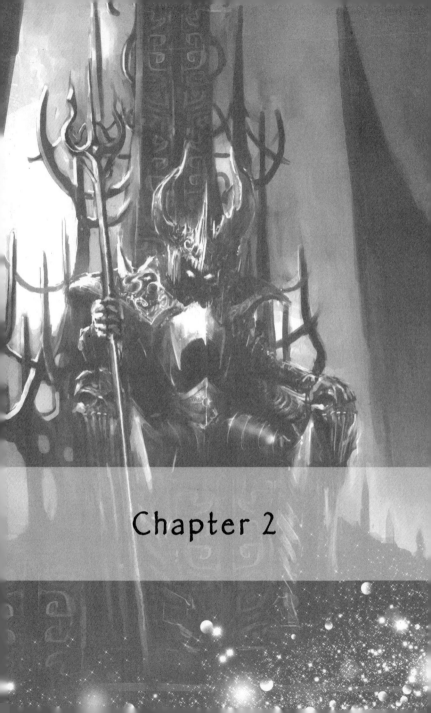

Chapter 2

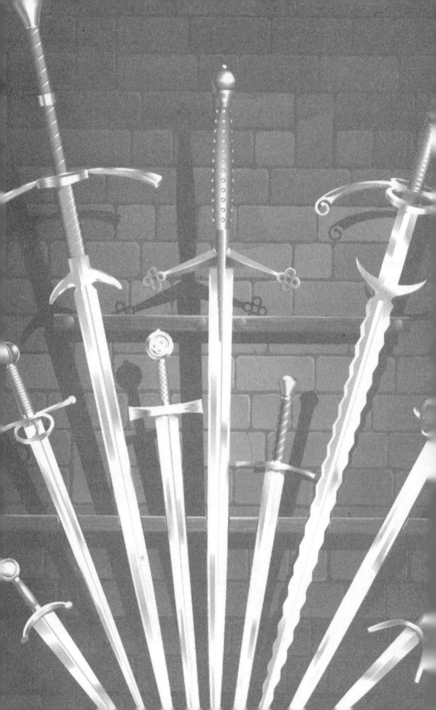

아무리 강력한 상대여도 그 강함은 모든 예상 안에 상정된 것이었다.

하지만 지금 피리 부는 사나이가 보이는 힘은 예상 외의 것.

그렇기에 불길했다.

'제대로 개입을 시작했군.'

이미 실행된 위대한 계획에 개입하는 건 창조주에게도 상당히 힘든 일이다.

그런데 그 힘든 것을 감수하고 직접 개입했다는 것이 무엇을 뜻하는 것일까.

'냄새를 맡은 게 분명하다.'

오르비스와 정훈의 계획을 눈치챈 것이 분명하다.

사실 그건 조금만 관심이 있다면 눈치챌 수밖에 없는 것이었다.

　관리자를 죽여 해방의 열쇠 조각을 얻는 이유가 그 계획을 무효화하는 것 말고는 없기 때문이다.

　다만 정훈이 기대한 것은 창조주 플라스마의 나태함이었다.

　억겁의 세월 동안 존재해 온 그는 이미 많은 감정을 잃어버렸고, 오직 나태함으로 생활을 이어 오고 있었다.

　수억 년 동안 잠에 드는 것은 보통이고, 어떨 때는 한 가지 생각으로 수천만 년을 고민하기도 했다.

　평소처럼 그렇게 하릴없이 시간을 보내길 바랐지만, 관리자의 죽음을 좌시할 정도로 나태하진 않았던 것 같다.

　'직접적인 개입은 할 수 없다. 게다가 개입을 하더라도 제한은 있을 터.'

　불길한 상념은 한편으로 접었다.

　개입을 한다고 해도 직접적인 개입은 불가능한 데다가 간접적인 개입에도 한계가 있을 수밖에 없다.

　지금의 이 힘이라면 창조주의 개입이 있다 해도 맞설 수 있다.

　꽈악.

　예상을 상회하는 힘에 굴복하지 않는다.

　양손에 쥔 2개의 검을 힘껏 쥐며 전의를 다졌다.

"호오, 그 눈동자는 한번 해보겠다는 의지로 가득하군요. 하지만 어리석은 일입니다. 저는 위대하신 분의 축복을 받은 이. 당신의 선택이 얼마나 어리석은 것인지 보여 주죠."

삐릴리리.

그러곤 마찬가지로 황금색으로 물든 풀잎을 입가에 대고 불었다.

기운을 실은 음파가 숲속에 울려 퍼지는 그 순간, 반딧불과 같은 연녹색의 기운들이 피리 부는 사나이의 양측으로 모여들기 시작했다.

지이잉.

이내 그것들이 뭉쳐 2개의 형상을 이루었다.

"크르르!"

지하에서 울리는 듯한 낮은 울음. 익숙한 그 울음을 들은 정훈의 눈동자가 커졌다.

"펜릴⋯⋯."

놀랍게도 피리 부는 사나이의 오른편을 지키고 있는 건 거대한 태초의 늑대 펜릴.

"아우!"

긴 울음을 토한 늑대인간, 피리 부는 사나이의 왼편에는 1막의 최종 보스이기도 했던 양치기 소년이 있었다.

"당신과는 지독한 악연으로 묶인 이들이죠. 하지만 방심하지 마십시오. 위대하신 분의 부름을 받은 이들은 더욱 강력한 힘을 갖추었으니 말입니다."

"……."

옅은 미소를 지은 채 말을 잇는 피리 부는 사나이의 말에 아무런 대답도 할 수 없었다.

피리 부는 사나이 하나로도 강적이라고 느꼈건만, 새로이 합류한 두 늑대의 강함도 그 못지않았다.

해 볼만 하다는 그 생각을 다시 할 수밖에 없었다.

스슥.

미세하게 느껴지는 풀을 밟는 소리와 함께 오른쪽과 왼쪽, 무척 가까운 거리에서 모습을 드러낸 펜릴과 양치기 소년.

'빠르다!'

천안이 아니었다면 결코 감지할 수 없는 날렵한 움직임이었다.

현신의 끝에 도달한 것은 물론 야성의 몸놀림을 간직한 두 괴물 움직임은 정훈으로서도 포착하기 힘든 경지에 도달해 있었다.

카카칵.

뻗어오는 송곳니와 발톱에 대항해 쌍검을 휘둘렀다.

모처럼만에 느껴지는 강력한 저항감에 이를 악물었다.

속도뿐만이 아니었다.

두 괴물이 지닌 괴력 또한 속도에 버금가는 강력한 것이었다.

"삐이이!"

정훈의 소환에 응한 치느님이 창공을 선회하며 권능을 발휘했다.

색색의 불똥은 정훈의 육신을 감쌌고, 무채색의 불똥은 펜릴과 양치기 소년, 그리고 피리 부는 사나이의 육신에 떨어졌다.

"이거 놀라운 힘이로군요."

피리 부는 사나이를 흥미가 묻어나는 눈동자로 치느님을 바라봤다.

색색의 불똥은 각종 능력을 향상시켜 주는 버프를, 무채색의 불똥은 능력의 하락을 일으키는 저주였다.

흐레스벨그에 이어 탈란드라를 섭취해 두 단계 발전한 치느님의 저주는 매우 강력한 것이어서 그들의 능력을 상당부분 저하시켜 주었다.

"흐압!"

그는 손아귀에 힘을 주어 귀찮게 따라붙는 두 늑대를 떨쳐냈다.

시간을 끌면 끌수록 불리한 건 소수인 그다. 그렇기에 빠르게 결판을 낼 생각이었다.

챙그랑!

순식간에 5개 물약의 복용을 마쳤다.

하나는 중독도에 대한 저항을 올려 최대한의 물약을 마실 수 있도록 하는 태초급의 중화수.

　그리고 다른 4개의 물약은 일시적으로 한계 이상의 능력 치를 끌어내 주는 성장의 영약이었다.

　치느님의 버프, 그리고 태초급의 물약 5개를 복용한 지금 정훈의 능력은 적어도 이 세계에 소속된 모든 존재를 압도 한다.

　하지만 그것만으로 만족할 수가 없다.

　아직 피리 부는 사나이가 개입하지 않았다.

　녀석이 어떤 능력을 지녔는지 알 수 없었기에 보다 확실한 승부수를 띄워야만 했다.

　꿀꺽.

　검은색과 흰색 액체가 반반 섞인 물약을 단숨에 들이켰다.

　-입문자의 정신이 2개로 분리됩니다.

　양의兩意의 영약.

　본디 사람이란 하나의 정신만을 지니기 마련이다.

　하지만 양의의 영약을 마시게 되면 임의적으로 또 다른 정 신을 지닐 수 있게 된다.

　이것이 무엇을 의미하는가.

　"삼라만상의 이치가 곧 태극에 있으니."

　"천지양단."

오른손으로는 절대 방어의 초식 태극권을 펼치고, 왼손으로는 검을 쥔 채 천지양단을 구사했다.

좌악!

세상을 두 쪽으로 나눌 듯한 그의 검에 펜릴과 양치기 소년의 앞가슴 부근이 깊숙하게 베였다.

"크와왁!"

육신마저도 단단하기 그지없는 두 괴물은 오히려 그 틈을 이용해 섬전처럼 파고들었다.

방어는 도외시한 채 공격만을 위한 움직임.

반드시 허점을 파고들겠다는 그 의지는 가상했으나 정훈이 그렇게 호락호락한 인물이 아니었다.

마치 이렇게 될 줄이라도 알고 있었다는 듯이 태극권을 펼치며 공격과 방어를 동시에 해낸 것이다.

하나하나가 강맹한 두 늑대의 공격은 태극권의 현묘한 묘리 앞에 헛된 몸부림으로 그칠 수밖에 없었다.

그것이야말로 태초급의 물약인 양의의 영약이 지닌 진정한 가치였다.

정신을 나누어 공격과 방어를 동시에 펼칠 수 있는 것.

적어도 태극권이라는 절대의 방어 초식을 지닌 정훈에게는 그 어떤 물약보다 대단한 효과를 자랑하는 것이기도 했다.

서걱.

태극권이라는 절대의 방패를 앞세운 정훈은 너무도 간단

하게 두 괴물을 요리했다.

지그재그로 꺾인 검의 궤적이 괴물의 몸뚱이를 난자해 댔다.

가죽 사이로 드러난 핑크빛 살점 사이에서 꾸역꾸역 피가 새어 나온다.

그뿐인가. 눈동자를 스치고 지나간 검에 의해 시력을 잃은 펜릴이 울부짖으며 발광을 시작했다.

끝이 보인다. 적어도 정훈은 그렇게 생각했다.

삐릴리리.

보다 선명하게 울려 퍼지는 그 풀피리 소리와 함께 놀라운 광경이 벌어졌다.

거의 난도질당하다시피한 펜릴과 양치기 소년의 몸뚱이가 순식간에 재생된 것이다.

마치 지금까지의 모든 일이 환상이었던 것처럼 놀라운 회복력이었다.

'지원가였구나!'

그제야 왜 피리 부는 사나이가 전투에 끼어들지 않았는지 깨달을 수 있었다.

원래의 피리 부는 사나이는 대단한 검술을 지닌 검사였다.

하지만 창조주의 개입으로 지원가의 역할을 맡게 된 것으로 보였다.

그렇다면 망설일 이유가 없다.

탓!

태극권을 유지한 채로 지면을 박찼다.

그의 의도를 깨달은 두 괴물이 끈덕지게 공격을 가해 왔으나 정훈에게는 아무런 위협이 되지 못했다.

눈을 감은 채 연주에 열중이 피리 부는 사나이가 바로 눈앞에 있다.

"일점."

응축된 기운을 탄환처럼 쏘아 보냈다.

보다 향상된 능력치를 갖춘 정훈이다.

그런 그가 오직 빠르기에 중점을 둔 스킬을 펼쳐 냈으니 그 속도를 말해 무엇 하겠는가.

쉬익.

움직임이 일어나고 난 뒤 소리가 뒤따랐다.

소리를 앞지를 정도의 영역에 도달한 일점은 정확히 피리 부는 사나이의 미간을 꿰뚫었다.

파스스.

쓰러지는 시신은 볼 수 없었다.

다만 정훈이 확인할 수 있었던 것 구멍이 뚫려 나풀거리는 풀잎이었다.

'허상?'

놀랍게도 그것은 정훈의 이목을 속이는 허상이었다.

그의 고개가 빠르게 좌우를 훑었다.

"하하. 저를 찾으시는 겁니까? 저는 여기에 있습니다."

그리 멀리 떨어지지 않은 곳, 나무둥치에 앉아 있는 그를 확인할 수 있었다.

"좀 더 즐거운 일전이 될 줄 알았는데, 이거 실망입니다. 이 정도가 당신의 전력이라면 더는 볼 필요가 없을 것 같군요."

여전히 옅은 미소를 띤 그가 다시 한 번 황금빛에 물든 풀 피리 연주를 시작했다.

또 무슨 수작을 부리는 것인가.

재빨리 그것을 막아 보려고 몸을 날렸지만, 조금 전과 마찬가지로 풀잎을 남겨 둔 채 모습을 감출 뿐이었다.

삐릴리리.

꿈에서 들을까 무섭도록 날카로운 풀피리 연주가 이어졌다.

지이잉.

대기를 울리는 진동과 함께 연녹색 기운이 사위를 물들였다.

그것은 이내 자석처럼 서로에게 이끌려 뭉치기 시작했고, 곧 수백의 형상을 만들어 냈다.

"크르르!"

"크르르!"

잠시 후 드러난 광경에 정훈은 경악을 금치 못했다.

둥글게 주변을 포위한 건 조금 전 그를 압박했던 펜릴과 양치기 소년이었다.

그것도 한둘이 아닌, 무려 수백이나 되는 수였다.

"미친."

이 믿기지 않는 광경에 현실을 부정할 수밖에 없었다.

아무리 본인의 힘에 자신이 있다 해도 그것도 한계가 있는 법이다.

현신의 끝, 아니 그마저도 초월한 존재가 수백이나 주변을 포위하고 있었다.

정훈 혼자서 감당할 수 있는 전력이 아니다.

아니, 성안에 있는 모든 병력을 데려온다 한들 10초도 버티지 못할 수준이었다.

"어때요? 마음에 드십니까?"

촘촘하게 포위한 그 틈새 사이로 빼꼼이 얼굴을 드러낸 건 피리 부는 사나이였다.

더욱 짙어진 미소를 띤 그는 오만한 눈동자로 정훈을 내려다보고 있었다.

그것은 승리를 확신한 자만이 가질 수 있는 것이었다.

'이 정도로 개입할 수 있다고?'

말문이 막힌 정훈은 얼굴을 찡그린 채로 거듭 생각했다.

분명 오르비스는 창조주가 개입할 수 있는 한계가 있다고 말했다.

물론 그 한계가 어느 정도인지 정확히 선을 그어 주지는 않았다.

하지만 현신의 끝에 달한 정도라면 능히 헤쳐 나갈 수 있을 것이라 판단하고 있었다.

그런데 지금 눈앞에 펼쳐진 건 현신의 끝은커녕 그 이상의 경지가 있다 해도 감당할 수 있는 수준이 아니었다.

이 막대한 전력 앞에서 무엇을 할 수 있을까.

아무리 머릴 굴려 봐도 떠오르는 건 없었다.

수많은 시련을 거쳐 온 그조차도 태산을 눈앞에 둔 것처럼 앞이 캄캄해지는 것을 느껴야만 했다.

절망에 굴복한 그 순간, 힘없이 어깨가 떨어졌다.

"크와왁!"

그 틈을 포착한 수백의 괴물들이 사납게 달려들었다.

힘없는 눈으로 그것을 바라보던 정훈에게 더는 반항할 의지는 남아 있지 않았다.

"삐이이!"

절체절명의 그 순간. 기이한 힘을 지닌 치느님의 뾰족한 울음이 울려 퍼졌다.

찰나의 순간, 정훈은 의문을 느껴야만 했다.

지금껏 눈치 채지 못했던 이질적인 감각을 느껴야만 했기 때문이다.

분명 숲의 공터라고 생각했는데 다시금 돌아보면 사막이 되었다가, 또다시 눈이 내리는 산 중턱으로 바뀌었다.

여러 개의 영상을 짜깁기라도 한 것처럼 스쳐 지나가는 그 현상에 멍하니 풀려 있던 눈동자가 제자리를 찾는다.

"갈喝!"

신마의 기억 속에 남아 있던 사자후를 발현했다.

곧이어 반구형으로 뻗어 나간 그의 음파가 주변을 휩쓸었다.

삐릴리, 삐리리리.

생소한 연주가 귓가로 파고든다.

어느새 주변 풍경은 또 한 번 바뀌어 있었다. 아니, 바뀐 게 아니라 원래의 공간을 찾았다고 봐야 할 것이다.

"맙소사."

경악한 그는 차마 그 말을 잇질 못했다.

그의 두 눈에 똑똑히 박혀 들어온 건 머나먼 왕국의 성벽 위 풍경이었다.

그렇다. 지금 그는 여전히 성벽 위에 서 있었던 것이다.

'지금까지 겪은 모든 게 허상이었구나.'

그제야 깨달았다.

쥐 일족이 습격한 그 순간부터 환영에 빠져 있었다는 사실을 말이다.

묘하게 신경을 거슬리게 하는 진동은 쥐 일족이 이동하면서 생긴 게 아니라 환영을 일으키기 위한 전주였다.

이것은 정훈이 미처 예상하지 못한 결과였다.

두 번의 깨달음을 통해 그의 정신력은 초월자에 가까운 영역에 닿아 있었다.

그렇기에 정신에 영향을 주는 환상에는 절대 당하지 않을 것이라 자신하고 있었다.

'보기 좋게 당했군.'

자만한 결과는 썩 좋지 못했다.

시간이 얼마나 흘렀는지 모르겠으나 멍청하게도 그는 적의 환영 마법에 당해 허우적거렸다.

저 멀리, 느릿한 속도로 성벽을 향해 다가오는 녹색 복장을 한 피리 부는 사나이, 아니, 체구만 앳돼 보이는 얼굴을 한 소년에 의해서 말이다.

아직 그는 자신의 공격이 여전히 통하고 있다고 생각하는지 연주를 멈추지 않고 있었다.

그 집중력이 얼마나 대단한지, 세계를 들썩이게 할 정도의 사자후에도 집중이 흐트러지지 않았다.

주륵.

이마에서 볼을 타고 흐르는 식은땀을 손으로 훔쳤다.

조금만 늦었어도 목숨을 잃었을 것이다.

비록 모든 게 환상에 불과했지만, 그곳에서의 죽음은 곧 현실의 죽음이라는 것을 알고 있었기 때문이다.

그의 시선이 느릿하게 다가오는 피리 부는 소년에게서 창공을 배회하고 있는 치느님에게 향했다.

'녀석만은 계속 깨어 있었던 건가?'

연주를 하고 있는 당사자인 피리 부는 소년을 제외하곤 모든 존재가 그 연주가 보여 주는 환상에 빠져들었다.

머나먼 왕국의 병사들은 물론 72마신, 게다가 의지가 없는 오리할콘 골렘조차도 당할 수밖에 없었던 강력한 정신 공격이었다.

하지만 치느님만은 멀쩡했다.

멀쩡한 것뿐만 아니라 그의 의식에 침범해 한 순간의 틈을 만들어 주었고, 그로 인해 깨어날 수 있었다.

그야말로 무의 끝을 이룬 자신도 당한 판국에 멀쩡하다니.

단순히 2단계 진화를 이룬 것만으로는 설명할 수 없는 부분이다.

의혹이 꼬리를 물었다.

하지만 이내 고개를 저으며 그 모든 상념을 지웠다.

방해가 되는 것도 아니고 많은 도움이 되는 존재다.

짧은 상념을 끝낸 채 매서운 눈길로 다가오고 있는 피리 부는 소년을 응시했다.

환상은 녀석의 주도하게 만들어진 것.

창조주의 축복을 받았다는 것도 모두 사실일 것이다.

어떤 능력을 가졌건 방심할 수 없는 상대라는 건 확실하다.

그렇기에 전력을 탐색하는 절차는 필수였다.

"일점."

탐색을 위한다곤 하지만 전력을 담은 일격을 펼쳐 냈다.

소리를 떼어 놓는 폭발적인 속도로 나아간 응축된 기운은 피리 부는 소년의 미간을 향해 쇄도하고 있었다.

어떤 식으로든지 막게 될 것이다. 그리고 그 방어 형태는 녀석을 공략할 중요한 단서가 될 터였다.

털썩.

하지만 정훈의 예상과는 달리 피리 부는 소년의 저항은 없었다.

작은 점으로 응축된 그 기운은 정확히 미간을 꿰뚫었고, 힘을 잃은 육신은 지면으로 쓰러졌다.

동공이 확장된다.

이 또한 예상치 못한 결과긴 마찬가지였다.

'설마 아직도 환상?'

아니다.

이것이 환상이 아니라는 건 스스로가 잘 알고 있었다.

하지만 믿기지 않았다.

이 정도로 강력한 정신 공격을 지닌 이가 고작 탐색하는 용도로 쓰인 일격에 죽다니.

─퀘스트, 피리 부는 사나이의 역습을 완료했습니다.

─퀘스트를 달성하는 데까지 소요된 시간은 11시간 25분 39초입니다.

-축하합니다. 역대 최단 시간 퀘스트 완료 기록입니다.

-오만의 탑 11층 명예의 전당에 입문자 한정훈의 기록이 1위로 기록됩니다.

-1위 기록 달성으로 인한 보상이 지급됩니다.

귓가로 파고드는 알림은 어처구니없게도 지금 일어난 모든 일이 현실이라는 것을 말해 주고 있었다.

정신을 차릴 수 없었다. 강력한 펀치를 연이어서 가격 당한 기분이랄까.

오르비스의 지식과는 전혀 다른 방향으로 전개되는 현 상황을 마냥 낙관적으로 바라볼 수가 없었다.

'언제 내가 알고 있는 지식이 무용지물이 될지 모르는 일이다.'

지금까지 그의 행보는 공략본을 펼쳐 놓고 게임을 진행하는 것처럼 매끄러웠다.

하지만 그것도 창조주의 본격적인 개입이 시작된다면 무용지물이 될 확률이 지극히 높았다.

'아직은 그 정도까지가 아니라서 다행이긴 하지만.'

피리 부는 사나이가 소년이었고, 엄청난 정신계 능력을 가지고 있다는 것을 제외하면 그의 정보와 많이 다르진 않다.

그래. 이 정도만 유지된다면 어렵지만, 그래도 해볼 만한 정도다.

더는 바뀌는 일이 없었으면 좋겠지만, 어디 세상 일이 그의 뜻대로 돌아가기만 하겠는가.

"네 녀석이 그가 말한 훼방꾼이로구나!"

미간이 꿰뚫려 죽음에 이른 피리 부는 소년, 그가 몸을 일으키고 있었다.

죽은 자가 몸을 일으키는 것 따위는 온갖 시련을 헤쳐 온 정훈에겐 전혀 어색한 상황이 아니었다.

그가 결정적으로 놀랄 수밖에 없었던 건 피리 부는 소년, 아니, 그의 육신을 차지한 어떤 존재가 내뿜는 강력한 기운 때문이었다.

"엔키?"

지혜의 신이자 주술의 신.

자신의 능력을 과신한 그는 창조주에게 반역의 깃발을 꽂았고, 그 시도는 실패로 끝이 났다.

오르비스의 지식에 나와 있는 11층의 죄인이 바로 그였다.

그런데 지금 느껴지는 기운은 예상했던 엔키의 것과는 전혀 다르다.

그것이 정훈을 혼란하게 만들고 있었다.

"엔키? 아, 그 지 잘난 맛에 사는 녀석? 하하하. 고작 그 따위 녀석과 비교를 당하다니."

그는 엔키라는 존재를 부정하고 있었다.

"죽기 전에 이 이름을 기억하라. 나는 영웅왕, 길가메시.

한때나마 모든 세계를 다스렸던 진정한 왕이다."

"제길!"

평정을 유지하지 못한 정훈이 욕설을 내뱉었다.

69층에 감금되어 있어야 할 괴물 녀석이 11층에 모습을 드러낸 것이었다.

영웅 왕 길가메시.

인간이라곤 생각할 수 없는 강력한 능력을 타고난 절세의 영웅.

인류 최초로 세계를 정복했으며, 자신의 힘에 심취한 나머지 천상으로 향하는 바벨탑을 지어 신에게 도전하려 했던 어리석은 자이기도 하다.

'왜 이곳에?'

머릿속을 지배하는 건 의문이었다.

본래 그는 69층에 감금되어 있는 존재였다.

그런데 어째서 11층에 모습을 드러낸 것일까.

아니, 그 이전에 11층에 감금되어 있어야 할 죄수인 엔키는 어디로 갔는지 의문에 의문이 꼬리를 물고 이어졌다.

"하하하! 궁금해 죽겠다는 얼굴이로군. 그런데 이걸 어쩌나. 난 금기에 의해 묶인 몸이라 뭐라 말을 해 줄 수가 없는데."

정훈을 눈앞에 둔 길가메시는 유들유들한 웃음을 지어 보였다.

그 모습은 마치 적과 마주한 게 아니라 오랜만에 만난 친구를 대하는 것과 같았다.

반대로 여유로운 그와는 달리 정훈은 줄곧 긴장한 모습이었다.

언제든 공격할 수 있도록 만반의 태세를 갖추고 있었다. 길가메시란 적이 그리 호락호락하지 않다는 것을 잘 알고 있기 때문이다.

당연하지만 오만의 탑은 상층으로 갈수록 더욱 죄질이 나쁜, 무력이 뛰어난 이들이 감금된 구조다.

길가메시는 무려 69층에 감금된 죄인으로 현재 정훈도 승부를 장담할 수 없는 강적이었다.

사실 지금 만나서는 안 될 상대였다.

60층을 오르는 동안 얻은 신의 동전을 통해 무력을 향상시켜 맞서 싸우려고 했었던 것.

차근히 성장을 이루었다면 능히 이길 수 있는 상대라 생각했건만 하필이면 11층에서 마주치고 말았다.

'제대로 손을 뻗치기 시작했군.'

과연 예상했던 창조주의 개입을 확인할 수 있었다.

불행한 건 그 시기가 생각했던 것보다 더욱 일찍 찾아왔다는 것과 하필이면 그 상대가 길가메시라는 점이다.

오르비스가 지식이 알려 준 그는 매우 강력한 상대였다.

어떤 의미론 그보다 상층에 있는 죄수들보다 더욱 까다로운 존재일 것이다.

"나도 그의 명령을 따르는 게 마음에 들지는 않지만, 거부할 수 없는 거래 조건을 제안해서 말이야. 미안하지만 너의 행보는 여기서 멈춰 줘야겠다."

조금 전까지만 해도 웃음을 짓고 있던 그의 얼굴이 무표정하게 굳었다.

무표정한 얼굴 위로 세상을 아래로 내려다보는 오만함이 엿보였다.

세계를 정복한 위대한 왕의 위엄, 그 압도적인 존재감이 그의 몸 주변에 서리기 시작한 것이다.

"삐이이!"

정훈의 의지에 반응한 치느님이 잿빛의 불똥을 떨어뜨려 길가메시의 능력을 하락시켰다.

"호오, 잔재주를 가진 애완동물인가?"

자신의 능력이 하락한 것에 아랑곳하지 않는다. 오히려 흥미 가득한 눈동자를 들어 치느님을 응시했다.

콰앙!

지면을 박찬 정훈이 무서운 속도로 쇄도했다. 길가메시가 보이는 자만, 그 좁은 틈을 파고들 생각이었다.

"승부를 서두르는군. 설마 내가 자만한다고 생각하는 건 아니겠지?"

정훈의 내심을 들여다본 것처럼 말을 이어가던 길가메시

는 돌연 손을 번쩍 들어 올렸다.

화아악.

한껏 치켜 든 오른손에서부터 세상을 밝히는 눈부신 광채
가 쏟아져 나왔다.

그 순간 정훈은 거부할 수 없는 어떤 강력한 흐름이 전신
을 감싸는 것을 느낄 수 있었다.

"이건?"

빛에 의해 눈을 깜빡였던 그 짧은 순간 변화가 있었다.

분명 길가메시를 눈앞에 두었다. 하지만 지금 그는 지면을
박차기 전의 그 자리로 돌아와 있었다.

마치 과거로 돌아간 듯하다.

의문이 가득한 눈동자가 정면의 길가메시에게 향했다.

스스스.

높게 치켜 든 길가메시의 손에서 반짝이는 모래가 떨어지
고 있었다.

"이것은 시간의 모래. 비록 짧은 순간에 불과하지만, 시간
을 거꾸로 돌리는 게 가능한 보물이지."

그리 위급한 상황이 아님에도 태초급의 소비 용품을 아무
렇지도 않게 사용했다.

"아무래도 네 녀석보다는 저놈이 문제일 것 같구나."

치느님을 짧게 응시한 그의 품에서부터 적색 궤적이 뻗어
나갔다.

쐐애액.

희미하지만 정훈의 눈에 포착된 그것은 창이었다.

적색의 기운을 뿌리는 날카로운 창은 정훈이 소유하기도 한 궁니르였다.

진정한 능력을 각성한 궁니르라고 해 봐야 태고급에 그친다.

하지만 길가메시가 투창한 그것은 태고급이라고는 상상할 수 없는 강력한 기운을 뿌리고 있었다.

'제길!'

생각할 겨를도 없이 곧장 치느님일 역소환해 보관함으로 돌려보냈다.

목표를 잃어버린 궁니르는 조금 전까지 치느님이 있던 곳에 멈춰 선 채로 그 자리를 지켰다.

그건 마치 당장 나타나기라도 한다면 다시금 날아갈 듯한 모습이었다.

"반응이 좋구나. 그대로 내버려뒀으면 죽음을 면치 못했을 터인데."

정훈은 그의 말을 허투루 듣지 않았다.

영웅왕이라는 이명과 함께 떠오른 그의 숨겨진 이명이 떠올랐기 때문이다.

보물 왕 길가메시.

세계를 정복한 그는 존재하는 모든 보물을 자신의 비밀 창고에 넣어 두었다.

그것도 보급이나 개량 형태가 아닌 본래의 만들어진 것, 즉 진품을 들고 있는 것이다.

모든 무구의 진품은 태초급에 달한다. 그 말인 즉 길가메시가 소지하고 있는 모든 무구가 태초급이라는 것이다.

지금 모습을 드러낸 궁니르 또한 태초급이었다.

정훈도 지니지 못한 진품 궁니르의 능력은 한 번 목표로 정한 적을 죽이기 전까지는 절대 멈추지 않는 것.

재빨리 치느님을 역소환하지 않았다면 길가메시가 말했던 것처럼 창에 꿰뚫려 허무한 죽음을 맞이했을 터였다.

'역시 쉽지 않겠어.'

지금까지의 적들과는 다르다.

그는 무조건 돌진만 하는 기존의 적들과 달리 전술과 전략에 밝다.

게다가 각종 강력한 아이템으로 무장한, 마치 또 하나의 자신을 보는 듯했다.

'준형이나 다른 녀석들이 날 보면서 이런 감정을 느꼈겠군.'

그동안 자신을 바라본 입문자들의 심정이 어떠했는지 이제야 깨달을 수 있었다.

"쯧쯧, 그렇게 긴장할 필요가 없느니라. 어차피 너의 죽음은 정해져 있는 운명과 같은 것. 그러니 부족한 실력이나마 최선을 다해 보거라."

그럴 만한 실력이 있는 자의 자신감은 오만이나 자만이 아니다.

길가메시는 오만한 자격이 있다. 물론 그렇다고 해서 자신의 패배를 확정지은 건 아니다.

정훈은 자신이 지닌 비장의 카드를 꺼내들었다.

마음속의 검을 그렸다.

그 검은 지금까지 그린 그 무엇보다 거대했고, 또한 날카로웠으며 세상 모든 것을 베어 내는 절대의 검이었다.

화악!

의지는 실체화되었다.

휘광을 발산하는 순백의 검이 정훈의 바로 눈앞에 둥실 떠올랐다.

심검이 구현된 것이다.

시간과 공간이 뒤틀리기 시작했다.

1초가 억겁의 시간처럼 느리게 흘러갔다. 그 뒤틀린 시간 속에서 자유로울 수 있는 건 순백의 검뿐이었다.

'베어라.'

오랜 시간 동안 공을 들여 의지를 전달했다.

그의 의지를 품은 순백의 검이 길가메시에게 느릿하게 다가가 가로로 떨어졌다.

콰앙!

모든 것을 베어 내는 검이건만, 지금 눈앞에 펼쳐진 건 기대했던 게 아니었다.

"하하하!"

허리까지 젖힌 길가메시가 호쾌한 웃음을 토해 냈다.

"과연 대단하구나. 위대한 피를 이어받지도 못한 네가, 필멸자에 불과한 존재가 이런 깨달음을 펼쳐 낼 수 있다니. 과연 그의 눈길을 사로잡을 만하지 않은가!"

심검이 펼쳐졌지만, 길가메시는 여전히 살아 있었다.

어떻게? 순백의 검과 그의 사이를 가로막은 황금빛 찬란한 방패 덕분이었다.

심검은 깨달음의 공부다.

그 어떤 물리적인 행위나 마법 등으로 막을 수 없지만, 반대로 같은 깨달음의 공부라면 막거나 상쇄시킬 수 있었다.

정훈이 심검을 펼쳤다면 길가메시는 심방心防으로 이에 응수했다.

같은 깨달음의 공부라면 그 심력이 더 높은 자가 승리할 수밖에 없다.

정훈이 아무리 급성장했다곤 하나 태초부터 지금까지, 영겁의 세월을 살아온 길가메시의 심력을 뚫는 건 불가능한 일이었다.

"좋다. 내 너를 인정하는 마음을 담아 전력을 펼쳐 보이마."

굳이 원하지는 않는 호의를 보인 길가메시가 말했던 대로 전력을 방출했다.

쿠쿠쿠쿠쿠.

지축이 흔들리고 대기가 두려움에 비명을 지른다.

'크으.'

그 엄청난 압박은 정훈마저도 몸을 가누기 힘들 정도의 것이었다.

콰앙!

일순간에 몰아치던 기의 파도는 한차례의 폭음과 함께 거짓말처럼 사라졌다.

자욱하게 발생한 흙먼지 너머로 길가메시, 그리고 거대한 비석이 눈에 들어온다.

"이것은 내 모든 힘이 담긴 서판 에누마 엘리시. 봉인된 그 힘을 지금 여기서 발휘하겠노라!"

쿠콰콰콰콰.

강력한 기의 소용돌이가 장내에 몰아닥쳤다.

하지만 그것은 전조에 불과한 것. 아직 진정한 능력은 개방되지도 않았다.

"이것은 영웅 왕 길가메시의 서사시니라."

웅장한 그 외침과 함께 주변이 온통 하얗게 물들었다.

그 무엇으로도 파괴할 수 없는 괴리된 공간 속.

그곳에 서 있는 건 정훈과 길가메시, 그리고 사방을 장식하고 있는 강력한 무구들이었다.

고오오오.

수천 개에 달하는 태초급 무구가 기운을 피어 올리고 있다.

길가메시의 전력이 담긴 에누마 엘리시.

그것은 그가 지금까지 모은 모든 무구의 힘을 한 곳에 집중시켜 파괴시키는 것.

"소멸하라!"

오만한 그 명령과 함께 수천 개 무구에서부터 색색의 강력한 기운이 터져 나왔다.

가지각색의 색 하나가 가지는 위력은 태초급 무구의 권능이었다.

거기에 길가메시의 방대한 마력마저 더해져 행성을 파괴급의 힘이라 할 수 있을 정도였다.

하나의 위력이 그러할진대 그것이 수천 개나 된다고 하면 감히 위력을 상상할 수조차 없다.

한 가지 단언할 수 있는 건 정훈이 모든 힘을 끌어낸다 해도 10분의 1조차 감당할 수 없는 굉장한 위력이라는 것이다.

이러한 사실을 모를 턱이 없는 그였다. 그렇기에 재빨리 결단을 내릴 수 있었다.

파창.

유리조각이 사방으로 비상하며 빛으로 이루어진 수증기를 발생시켰다. 이 안개와 같은 기운이 정훈을 둥글게 감쌌고, 마치 보호막처럼 그를 보호했다.

때마침 도달한 길가메시의 권능이 보호막을 강타했다.

하지만 기대했던 어떤 현상도 일어나지 않았다.

물을 흡수하는 스펀지처럼 보호막에 닿은 모든 기운이 소멸했다.

"무엇이!"

놀란 길가메시의 외침이 울려 퍼졌다.

끝을 내기 위해 작정하고 펼친 권능이었다. 그것도 본래의 제한된 힘이 아닌 그의 승인을 얻어 개방된 힘을 담은 것.

한낱 입문자에 불과한 이가 받아 낼 만한 힘이 아니었다.

'제길!'

하지만 그 권능을 막아 낸 정훈도 내심 기쁘지만은 않은 상황이었다.

지금 그가 사용한 건 태초급 물약인 '성역'이었다.

물약을 깨뜨리는 순간 일정 범위 내를 불가침의 지대로 만들어 모든 공격을 무효화하는 힘을 지닌, 귀하디귀한 물약이었다.

워낙 희귀한 재료가 들어가는 탓에 정훈조차도 하나밖에 제작하지 못한 비상용 목숨을 고작 11층에서 허비하고 만 것이다.

목숨이 위협받는 지금의 상황이 아니었다면 결단코 사용하는 일은 없었을 것이다.

어찌 됐든 둘 모두 예상하지 못한 상황에 직면했다. 하지만 누가 보더라도 여전히 승기는 길가메시에게 있다.

'녀석의 약점은?'

찰나의 순간 정훈의 두뇌가 맹렬하게 돌아갔다.

오르비스의 지식, 그리고 자신이 알고 있는 모든 전투 경험을 떠올리며 눈앞의 적이 지닌 약점을 파헤치는 중이었다.

하지만 쉽게 떠오를 턱이 없었다. 아니, 약점이 있는지 조차 의문이었다.

여전히 남아 있는 수많은 태초급의 무구, 영웅 왕이라는 이명을 얻을 정도의 전투 경험, 불멸의 세월 동안 쌓아 온 무의 업 등 애초에 정훈과는 비교도 할 수 없는 대상이었다.

특히 지금 모습은 오르비스의 지식이 알려 준 본연의 능력보다 더욱 강력하지 않은가.

그야말로 완전무결한 존재라 할 수 있었다.

"쯧, 그깟 마법 물약 따위로 위기를 넘기다니. 사내답지 못한 녀석이었군."

혀를 찬 길가메시가 마땅치 않은 얼굴을 해 보였다.

'아니. 녀석도 분명히 약점은 있다.'

그 순간 정훈은 그의 유일한 약점을 떠올릴 수 있었다.

셀 수 없이 많은 보물을 지니고 있는 길가메시지만, 유독 하나에 만큼은 인색한 모습을 보였다.

그것이 바로 물약이다.

그는 권능을 지닌 무구는 인정하면서도 물약에 관해선 불편한 태도를 취하기만 했다.

이는 길가메시의 성장과 관계가 있다.

왕 루갈반다와 여신 닌순 사이에서 태어난 그는 일곱 큰 신 중 하나인 엔릴의 축복을 받아 모든 부와 명예를 받을 자로 선택되었다.

엔릴의 축복을 기쁘게 여긴 루갈반다는 아들의 건강을 위한다는 명목으로 세상에 존재하는 온갖 희귀한 약을 구해다 먹였다.

무지에서 비롯된 행동은 비극을 불러왔다.

과유불급過猶不及. 아무리 좋은 약이라 해도 과하면 독이 되기 마련이다.

하루가 멀다 하고 복용하는 약으로 인해 길가메시의 육신은 점차 병이 들어갔다.

약의 기운을 제대로 흡수하지 못해 일어난 사달인 것.

하지만 이러한 사실을 모르는 루갈반다는 오히려 더욱 많은 약을 먹였고, 급기야 길가메시는 혼수상태에 빠지고 만다.

어머니인 닌순의 도움으로 모든 약 기운을 흡수하지 않았다면 그때 죽고 말았을 것이다.

물론 그것이 전화위복이 되어 초월의 육신을 얻을 순 있었으나 죽음의 위기는 길가메시에게 물약에 대한 혐오를 심어 놓았다.

같은 마법적인 힘을 지닌 무구나 소비 용품에 관해선 호의를 보이나 물약을 천대하는 건 이 같은 이유가 있었기 때문이다.

'그렇기에 녀석은 물약의 효능에 대해 아는 바가 없다.'

매우 사소한 것처럼 보이나 완전무결한 길가메시에게 보이는 유일한 틈이었다.

틈이 있다면 그곳을 철저히 파고드는 것이 정훈의 전투 방식이었다.

"알량한 수로 위기는 벗어날 순 없을 것이다."

분노한 길가메시의 몸에서부터 무어라 형용할 수 없는 광채가 쏟아져 나오기 시작했다.

아니, 그건 육신이 아니라 새로이 착용한 무구에서부터 발산되는 것이었다.

길가메시의 머리에서부터 발끝까지, 무려 10개 세트로 이루어진 이것은 영웅왕의 위엄이라는 세트 무구였다.

하나하나가 태초급으로 이루어진 것으로, 역사상 존재하는 가장 강력한 무구를 조합해 탄생한, 길가메시를 상징하는 무구였다.

스릉.

백광이 천지를 밝게 비춘다.

황금빛 검집에서 모습을 드러낸 순백의 검신은 길가메시가 지닌 가장 강력한 무구인 천지개벽天地開闢이었다.

태초에 하나의 공간이었던 세계를 하늘과 땅으로 분리시켜버린 검이자 정훈도 지니고 있는 에아의 전신前身, 태초급 무기 중에서도 다섯 손가락 안에 드는 파괴력을 지닌 최상의 검이었다.

순백의 검신이 드러난 순간 베지 못할 건 없다. 그것을 누구보다 잘 알고 있었던 정훈은 고도의 집중력을 발휘했다.

키잉.

그의 감각, 천안이 계속해서 경고를 보내 온다.

적의 간극 안에 몸을 들여 놨기 때문이다.

당연한 말이지만, 길가메시 정도 되는 실력자의 간극은 매우 넓다.

그것을 깨달은 정훈이 몸을 날려 간극에서 벗어났다.

"호오? 이 몸의 간극을 파악했단 말이냐?"

정확히 간극을 벗어난 정훈의 몸놀림에 홀로 감탄사를 터뜨린다.

고수와 고수의 싸움에서 간극을 파악하는 것만큼 중요한 게 없다.

그런데 정훈은 길가메시의 넓은 간극을 정확히 파악하고 몸을 날린 것이다.

'그래. 더욱 여유를 가져라.'

날카로운 정훈의 눈이 번뜩였다.

길가메시는 지금 강자의 여유라는 걸 보여 주고 있었다.

물론 그게 자만과 연결되고 있지는 않았지만, 그 정도만으로도 숨통이 트이는 기분이었다.

만약 그가 처음부터 최선을, 전력을 다했다면 지금과 같이 숨 쉴 틈조차 없었을 것이다.

그리고 이 작은 틈은 녀석의 목에 비수를 꽂는 절호의 기회이기도 했다.

파창!

보관함에서 꺼낸 2개 물약은 그의 육신이 아닌 양 손에 용광검과 엑스칼리번을 적셨다.

일반적으로 복용하는 물약이 아닌 바르는 형태의 오일이었기 때문이다.

바른 건 무기만이 아니었다.

투구와 갑옷, 그리고 각종 보호구에도 색색의 오일이 스며들었다.

"갈라져라."

길가메시의 검이 수직으로 떨어졌다.

그곳에서부터 발생한 검기는 무형으로 보고, 듣고, 느낄 수 없는 종류의 것이었다.

키이이잉.

정훈이 기댈 수 있는 것이라곤 천안이 보내 오는 경고음뿐이었다.

그 어느 때보다 맹렬하게 보내오는 신호를 감지한 직후 옆으로 몸을 날렸다.

스윽.

더할 나위 없는 반응속도를 보였으나 오른쪽 팔에 피어나는 화끈한 고통이 있었다.

입술을 질끈 깨문 그의 시선이 고통의 근원지에 닿았고, 반쯤 잘려 나간 오른팔이 눈에 들어왔다.

"소생의 기적."

심각한 상처지만, 그에겐 소생의 기적이란 사기적인 권능이 있었다.

환한 빛무리가 감싸는 순간 덜렁거리던 오른팔이 금방 원상태로 복구되었다.

"이거야 원. 육신은 하찮은 필멸자에 불과하나 그 권능이 가히 불멸자에 버금가는군."

여전히 흥미로운 장난감을 발견한 듯한 태도를 지우지 않는다.

그리고 그건 정훈이 원하는 바이기도 했다.

"어디까지 발악할 수 있을지 심히 궁금하구나."

천안으로도 예측이 불가능한 천지개벽의 궤적이 어지러이 그려진다.

스스슥.

정훈이 할 수 있는 일이라곤 단번에 죽지 않을 정도의 부상만으로 피해를 최소화하는 것이었다.

"하하하! 그래. 더 발악해 보아라!"

영웅왕이라는 위대한 업적 뒤에 감춰진 잔혹하고 오만한

그의 성정을 엿볼 수 있는 순간이었다.

모처럼의 전투에 신이 난 듯 마구잡이로 검을 휘둘렀다.

마치 그것은 노예에게 채찍질을 하며 쾌락을 느끼는 주인을 보는 듯했다.

지금껏 최고의 무력만을 뽐내 온 정훈에겐 자존심이 상할 수도 있는 일이었다.

하지만 그는 지금 아무런 생각도 할 수 없었다.

마구잡이로 휘두른 것처럼 보이는 길가메시의 검을 피하는 데 바빴기 때문이다.

움직이는 것 외에는 아무런 생각조차 할 수 없을 정도로 그 공격 하나하나가 대단했다.

만약 지금의 집중력을 보이지 않는다면 벌써 몸이 두 동강이 나거나 혹은 목이 잘려 나갔을 정도로 말이다.

"흐아압!"

하지만 언제까지나 당할 수만은 없는 노릇. 허리가 깊숙하게 베이는 상처를 감수하면서까지 사자후를 터뜨렸다.

목적한 것은 찰나의 빈틈을 만드는 것.

아무리 길가메시가 대단한 무를 쌓았다 해도 갑자기 터져 나오는 기파에 태연할 순 없었다.

흠칫.

정훈이 원했던 찰나간의 경직이 발생했다.

콰앙!

허리의 상처를 돌볼 생각도 없이 지면을 박찼다.

순식간에 거릴 좁혀 상대의 간극 안으로 들어갔다.

"핫! 어리석구나. 기껏 벌려 놓았던 간극 안으로 들어서다니!"

사자후의 영향은 정말 찰나에 불과했다. 어느새 평온을 찾은 길가메시가 코웃음치고 있었다.

기로 뭉쳐진 검기가 아닌 그의 진격眞格은 상상을 초월하는 위력을 지니고 있다.

그것을 알기에 간극에서 물러났던 것이 아닌가.

그런데 지금은 태도를 바꾸어 간극 안에 발을 들여 놓았다.

"죽는 게 소원이라면 그렇게 해 주마."

웅웅웅.

모든 것을 베어내는 천지개벽의 예리한 검신에 길가메시의 마력이 깃들었다.

그의 전력이 담긴 이상 설사 같은 태초급의 무기라 해도 부딪치는 순간 베어지게 될 것이다.

"이제 죽어라!"

유희는 끝이다.

전력을 담은 길가메시의 검이 육안으론 보이지 않는 궤적을 그리며 쇄도했다.

카캉!

모든 것을 베는 검이었다. 그렇기에 검과 검이 충돌하는 소음 따윈 없어야만 했다.

"어떻게?"

놀란 길가메시의 동공이 확장된다.

엑스자로 쌍검을 교차시켜 그의 공격을 막은 정훈은 그 놀란 모습에 미소로 화답했다.

"충분히 즐겼지? 이젠 내 차례다."

검을 쥔 손에 힘을 주어 상대를 밀었다.

당황하지 않은 상태였다면 능히 버틸 수 있었겠지만, 감정이 잠시 흔들린 탓으로 인해 균형을 잃고 비틀거렸다.

"감히!"

자존심이 상한 길가메시가 노한 음성을 토한 채 횡 베기를 시도했다.

카캉.

전력이 담긴 검격, 하지만 상황은 변하지 않았다.

그 무엇이든 베어 내야 할 길가메시의 검은 궤적의 중간을 가로막은 용광검에 의해 가로막혔다.

본래의 위력이었다면 분명 용광검과 함께 정훈을 두 동강 냈을 것이다.

하지만 지금 길가메시는, 아니, 정확히 말해 그가 든 천지개벽은 본래의 예기를 지니고 있지 못했다.

'역시 통한다!'

정훈으로선 쾌재를 부를 수밖에 없었다. 이 모든 게 그가 의도한 대로 흘러가고 있었기 때문이다.

천지개벽이 본래의 예기를 잃은 건 그가 갑옷에 바른 부식의 오일 때문이었다.

그냥 오일 주제에 태초급에 달하는 이것의 역할은 닿는 모든 것을 부식시켜 제 용도를 다하지 못하게 만드는 것이었다.

조금 전 길가메시는 천지개벽을 이용해 정훈에게 숱한 상처를 남겼고, 그 과정 중 부식의 오일이 묻어나게 되었다.

아무리 대단한 무기라 해도 부식의 오일이 묻은 이상 본래의 예기를 자랑할 수는 없다.

게다가 부식 상태를 육안으로 확인할 수 없기에 어떤 게 문제인지 눈치를 채기도 힘들다.

만약 길가메시가 물약이라는 것에 대해 조금만 관심이 있었다면 눈치를 챘을 터였다.

그러나 관심은커녕 혐오하는 상태였기에 어디가 어떻게 문제인지를 전혀 인지하지 못하는 중이었다.

그리고 정훈이 준비한 덫은 그게 다가 아니었다.

카카캉.

검과 검이 부딪히며 요란한 쇳소릴 동반한 불똥이 튀었다.

처음에는 별다른 이상이 없었다.

하지만 그 횟수가 늘어나면 늘어날수록 길가메시는 천지개벽에 일어나는 변화를 눈치챌 수 있었다.

"이건 네놈의 짓이로군."

정신없이 몰아치는 공격을 피해 멀찍이 물어난 길가메시가 물었다.

처음의 여유로운 표정은 찾아볼 수 없는, 경직된 얼굴이었다.

그럴 수밖에 없다.

수많은 보물 중에서도 그의 애검이 될 만한 자격을 지닌 천지개벽에서 더는 마력을 느낄 수 없었기 때문이다.

마치 아무런 능력도 없는 평범한 검으로 돌아간 듯했다.

넘치는 마력을 선물해 주는 이 검의 변화, 그것은 모두 정훈이 벌인 일이라는 것은 어렵지 않게 짐작할 수 있었다.

"선물은 마음에 들었나?"

정훈이 이죽이며 웃었다.

부식의 오일에 이어 그가 준비한 함정은 정적의 오일이었다.

쌍검에 바른 이 오일이 지닌 효과는 모든 마력적인 힘을 제거하는 것이었다.

짧은 시간 동안 수백 합의 공방이 이루어졌고, 대부분 검과 검이 충돌하는 전투였다.

천지개벽의 무한한 권능과 마력이 사라지기에 충분한 시간인 것이다.

"지렁이도 밟으면 꿈틀 한다더니. 내 너를 너무도 얕보고 있었나 보구나."

여전히 얼굴을 굳힌 길가메시가 손을 휘젓자 그의 손에 쥐어져 있던 천지개벽이 자취를 감추었다.

정훈과 같은 인벤토리는 없으나 본인만의 고유 공간인 아공간으로 역 소환한 것이다.

"사과의 의미로 재밌는 걸 보여 주지."

여전히 굳은 얼굴. 하지만 그 이면에는 처음과 같은 여류가 숨어 있었다.

자랑하는 최강의 무기가 깨어진 지금 도대체 무엇이 그를 여유롭게 만드는 것일까.

그 답을 찾는 건 어렵지 않은 일이었다.

쿠쿠쿠.

길가메시의 손에서부터 봉인되어 있었던 강력한 힘이 깨어나고 있었다.

형용할 수 없는 기운을 뿌리며 나타난 건 칠흑의 검신에 붉은 손잡이를 지닌 3미터의 대검이었다.

"그에게 대항할 때 단 한 번 모습을 드러냈던 검, 오직 파괴라는 행위를 위해 태어난 가장 강력한 무구. 그렇기에 난 이 검에 오랜 벗의 이름을 부여했지."

"엔키두!"

소개가 다 이루어지지 않았지만, 정훈은 그 무기가 무엇인지 짐작할 수 있었다.

엔키두.

오르비스의 지식에도 이름은 언급되어 있으나 어떻게 생겼는지, 어떤 권능을 지녔는지 전혀 알려져 있지 않은 10개 불가사의 무구 중 하나다.

그런데도 이것을 알아본 건 그 주인이 길가메시라 밝혀져 있었기 때문이다.

"호오? 이 녀석을 알아본 자는 처음이로군. 이에 대해 이야기를 더 나누고 싶으나 안타깝구나. 엔키두가 나타난 이상 네 녀석의 목숨을 취할 수밖에 없으니."

신검을 만들 수 있는 명장 다섯 명이 최고의 재료, 그리고 꼬박 50년을 허비해 만든 것이 바로 이 엔키두였다.

길가메시가 원한 건 신검이었으나 무려 50년 간 왕의 무구를 만들어야 했던 명장드르이 원한이 스며들어 마검이 탄생할 수밖에 없었다.

한 번 모습을 드러낸 엔키두는 살아 있는 생명을 파괴하지 않는 이상 절대 힘을 거두지 않는다.

신과 비견될 무력을 지닌 길가메시도 이 검을 제대로 통제할 수 없었다.

쉬익.

하지만 길가메시보다 정훈의 움직임이 한 발 빨랐다.

그의 손을 떠난 무언가가 일직선의 궤적을 그리며 길가메시에데 쇄도했다.

스팟!

칠흑의 검신이 그린 반월형의 궤적이 그것을 갈랐다.

"또 얕은 수작을 부리려는 것이냐."

궤적에 의해 갈라진 건 둥근 유리병이었다.

보나마나 그 속에 특수한 마법의 힘을 지닌 액체가 들어 있었음을 짐작할 수 있었다.

"하지만 어림없으니. 엔키두의 앞에선 그 어떤 것도 소용이 없다."

마검으로 분류되긴 하지만 엔키두의 위력은 기존의 무구와는 궤를 달리하는 것이었다.

엔키두가 지닌 권능 중 하나에는 절대 보호가 있다.

어떠한 외부적인 요소에도 날이 상한다거나 깨어지거나 하는 일이 없음을 뜻하는 것이다.

그것은 태초급에 달하는 오일이라 해도 예외가 아니다.

"……."

하지만 정훈은 길가메시의 자신감에 아무런 말도 하지 않았다. 그저 긴장 어린 눈빛으로 상대를 응시할 뿐.

"답지 않게 말이 길었군. 이제 그만 죽음을 맞이해라."

더는 이야기를 나눌 필요성이 없다고 여겼을까. 길가메시는 자신의 모든 마력을 엔키두에 쏟아부었다.

고오오오.

지금껏 수많은 강자들과 대결을 해 왔던 정훈도 느껴 보지 못한 패도적인 기운이 파도처럼 덮쳐 온다.

절대적이라는 말은 이럴 때야말로 쓸 수 있을 것이다.

감히 막고자 하는 의지조차 일어나지 않는 그야말로 절대적인 힘이었다.

하지만 정훈의 얼굴에선 절망을 찾아볼 수 없었다.

아니, 오히려 덮쳐 오는 기운을 보며 한 줄기 미소를 피우고 있었다.

"잘 가라."

마지막 작별의 인사를 중얼거리며 손에 든 물약 병을 머리 위로 내려친다.

파창!

무색의 액체가 그의 몸을 덮는 순간 믿을 수 없는 광경이 눈앞에서 펼쳐졌다.

정훈과 길가메시의 위치가 순식간에 뒤바뀌었다.

위치가 바뀌었다는 건 곧 길가메시의 전력이 담긴 일격이 그에게 향한다는 것을 뜻한다.

"이런 얕은 수작 따위!"

오직 파괴라는 행위를 위해 탄생한 기운.

그것을 펼친 길가메시에게도 위협적인 상황이었지만, 그리 아랑곳하지 않는다.

그 공격에 의지가 담겨 있기 때문이다. 강렬한 의지가 담긴 일격은 얼마든지 조종할 수가 있다.

'돌아가라.'

마치 살아 있는 생명체에게 전하듯 길가메시의 의지가 전해졌다.

분명 그 의지가 전해졌다면 방향을 바꿔야만 했다.

하지만 길가메시의 의지가 전해졌음에도 아무런 변화도 일어나지 않았다.

"이익!"

황급히 엔키두를 양손에 쥔 그가 전력을 다해 휘둘렀다.

'무겁다.'

그 순간 길가메시는 강렬한 저항을 느낄 수 있었다.

마치 엔키두가 자신을 거부하고 있는 듯했다. 하지만 이내 저항감은 사라지고 그의 의지에 따라 움직였다.

쿠콰쾅!

당연히 돌아갈 줄 알았던 공격이었기에 길가메시의 대응이 늦고 말았다.

제때 대응을 했다면 능히 상쇄시킬 수 있었을 것이다.

아니, 뒤늦게여도 엔키두가 저항하지 않았더라면 가능했을 터였다.

두 가지 불행이 겹쳐진 대응은 그의 한쪽 팔을 앗아가고 말았다.

터팅.

충격파를 이겨 내지 못해 손을 떠난 엔키두가 요란한 소릴 내며 지면을 굴렀다.

길가메시의 시선은 떠나간 엔키두를 바라보지 못했다.

어느새 눈앞으로 다가온 정훈에게 고정되어 있었기 때문이다.

"놈!"

충격파로 인해 무방비 상태가 된 육신. 그가 할 수 있는 일이라곤 노호성을 발산하는 것뿐이었다.

푸욱.

살을 꿰뚫는 섬뜩한 소리와 함께 선홍색의 핏방울이 튀었다.

정훈의 전심전력이 담긴 엑스칼리번이 길가메시의 왼쪽 가슴, 심장을 정확히 꿰뚫은 상태였다.

"커헉!"

당장 숨이 끊어져야만 하는 심각한 상처였다.

하지만 검은 피를 한 움큼 토해 낸 길가메시는 붉게 충혈된 눈으로 정훈을 응시했다.

초인적인 정신력은 육신의 죽음을 거부한 채 대지를 딛고 서 있게 만들었다.

"심히 궁금하구나. 도대체 어떤 수작을 부린 것이냐."

곧 죽음을 맞이하는 이라곤 생각할 수 없을 정도로 평온하다.

심장을 관통한 검만 아니었다면 평상시의 모습이라고 해

아이템
매니아

도 믿을 수 있을 정도였다.

하지만 그것은 회광반조廻光返照의 현상이었다.

촛불이 꺼지기 전 맹렬하게 타오르듯 그는 지금 마지막 생명력을 쥐어 짜내고 있었다.

죽음까지 거부하며 버티고 서 있는 건 단 한 가지 이유 때문이었다.

얕은 수작이라고 떠들어 댔지만, 승부의 세계는 냉혹한 법.

그것을 누구보다 잘 알고 있는 길가메시는 자신의 패배를 받아들이고 있었다.

다만 궁금한 건 어떤 수를 썼냐는 것이다.

도대체 어떤 수를 썼기에 지금과 같은 기적이 벌어졌단 말인가. 그 궁금증을 풀기 위함이었다.

"전환의 영약."

정훈의 대꾸는 무척 간단했다.

그가 조금 전 사용한 건 전환의 영약이라는 태초급의 물약으로 물약에 닿은 이의 위치와 존재를 일시적으로 바꿔 버리는 독특한 효과를 자랑하는 것이었다.

엔키두에 의해 갈라진 물약은 검에 스며들었고, 그것을 쥐고 있는 길가메시에게도 흡수되었다.

그로 인해 물약의 효과가 발동했다.

그들이 인지하지도 못하는 사이 존재가 뒤바뀌었다.

그렇기에 길가메시의 의지는 본인이 발산한 기운에 전달

되지 못했고, 엔키두 또한 주인으로 받아들이지 않은 채 저항한 것이다.

비록 찰나에 불과한 순간 벌어진 일이나 승부를 가르기엔 충분한 시간이었다.

"그렇군. 이번 승부의 향방을 가른 건 무력도, 무구도, 물약도 아닌 내 편협한 시야 때문이었구나."

뒤늦게야 길가메시는 깨달을 수 있었다.

물약에 대한 편협한 그의 시선이 이번 승부의 향방을 갈랐다는 것을 말이다.

"축하한다. 너의 뛰어난 기지가 죽음의 위기를 넘기게 해주었구나."

꿋꿋이 버티고 있던 길가메시의 눈동자가 차츰 감긴다. 아무리 초인적인 정신력을 지녔다 해도 죽음은 거스를 수 없는 법.

그는 말을 내뱉는 지금 이 순간에도 죽어 가고 있었다.

"하나 안심하지 마라, 나와 같은 반역자여. 그는 너의 일거수일투족을 다 지켜보고 있으니. 네가 예상하지 못한 함정으로 너를 시험할 것……."

끝내 말을 잇지 못한 길가메시가 지면에 몸을 뉘었다.

"이런!"

무언가 중요한 이야기가 나오고 있음을 직감한 그는 길가메시의 죽음에 애석함을 느껴야만 했다.

하지만 한 번 죽은 이는 돌아올 수 없었다.

—오만의 탑 11층에 감금된 죄인 길가메시를 살해했습니다.
—축하합니다. 신의 동전 11을 획득했습니다.

수천 개의 태초급 보물을 지닌 길가메시를 죽였지만, 얻을 수 있는 건 신의 동전 하나에 불과했다.

'후우, 이런 식이면 감당하기가 힘든데.'

비록 길가메시라는 강적을 처치하긴 했지만, 마냥 기뻐할 수는 없었다.

예상외의 복병을 처치하기 위해 사용한 아이템이 너무 많았기 때문이다.

준비해 놓은 태초급 물약의 80퍼센트를 사용했다.

그중에는 다시는 제작할 수 없는 희귀한 것들도 포함되어 있었다.

물론 만약을 위해 준비한 것이기에 강적을 쓰러뜨린 것에 만족할 수도 있으나 상황이 그렇지 못하다.

'앞으로도 계속 이런 녀석들이 나온다면…….'

69층에 있어야 할 길가메시가 11층에 등장했다.

간단히 생각해 봐도 12층의 죄인이 본래의 녀석이 아닐 확률이 높다. 아니, 반드시 그러할 것으로 판단할 수밖에 없었다.

'만전을 기한다.'

그렇기에 예상한 적이 아닌, 언제든 최악의 적을 상대한다는 만전의 상태를 가져야만 했다.

사실 지금까진 어느 정도는 안심하고 있던 게 사실이다.

머릿속 정보에 있는, 예상된 적을 상대하고 있었기 때문이다.

하지만 창조주의 개입으로 인해 그 모든 것이 쓸모없어지게 되었다.

생각을 달리할 필요성이 있었다.

앞으로 있을 전투 하나하나를 최악의 적으로 상정해야 할 필요성을 느꼈다.

그렇지 않으면 그의 도전은 20층을 넘지 못하고 끝나고 말 것이다.

'우선은 미뤄 두었던 스킬과 부족한 물약 보충이 먼저겠지.'

생사를 오고가는 전투는 많은 것을 느끼게 만든다.

지금도 정훈의 머릿속에는 구현해 내지 못한 깨달음의 공부가 소용돌이처럼 휘젓고 있었다.

그간은 오랜 시간이 필요할 것으로 생각해 묵혀 두었던 것이었지만, 더는 지체할 이유가 없었다.

앞으로 살아남기 위해서는 이 모든 것을 정립하는 것과 더불어 이번 전투로 인해 소모한 물약을 채워 둬야만 했다.

보관함에서 꺼낸 건 오리할콘으로 만든 열쇠.

철컥.

허공에 대고 돌리는 시늉을 하자 금속음이 맞물리는 소리와 함께 공간의 문이 열렸다.

정훈에게 귀속된 영원의 터, 아틀란티스로 가는 문이었다.

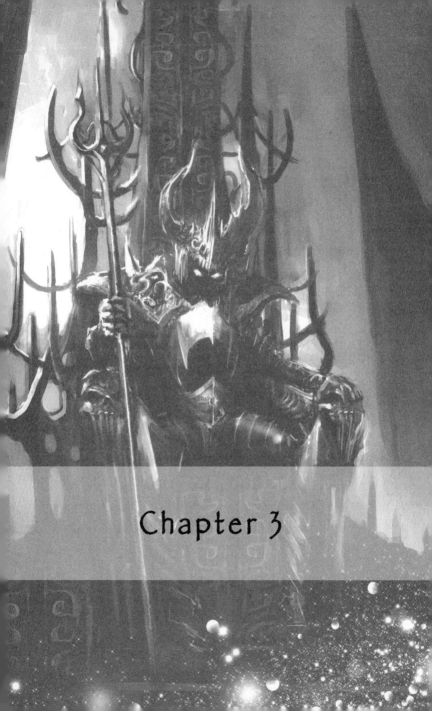

Chapter 3

삐릴리리.

아련히 들어오는 풀피리 소리는 정훈마저도 환각에 빠지게 만들 정도로 강력한 힘을 품고 있었다.

당연하게도, 머나먼 성을 지키는 병력들을 비롯한 모든 이들이 피리 부는 소년이 보여 주는 환상 속에서 헤어 나오지 못하고 있었다.

오직 단 한 사람, 준형만을 제외하면 말이다.

강대한 마력을 품은 풀피리 소리도 준형에게 어떠한 환상을 보여 주지 못했다.

웅웅웅.

그것은 그의 오른손 약지에 낀 금반지, 선택받은 자의 반지가 지닌 절대적인 권능 때문이었다.

이 반지를 착용한 자는 그 어떠한 정신 공격에 영향을 받지 않는다.

이것은 절대적인 법칙.

피리 부는 소년의 마력이 아무리 강대하다 한들 법칙 안에서 제한되는 힘에 불과했다.

준형이 하는 일이라곤 가라앉은 눈동자로 천천히 다가오는 피리 부는 소년을 응시하는 것뿐이었다.

탓!

한참의 시간이 지난 후, 마침내 피리 부는 소년이 성벽 가까이에 도달했을 무렵 그가 움직였다.

성벽을 도약한 그는 눈을 감은 채 명상에 잠긴 피리 부는 소년을 짧게 바라보았다.

푹.

두 손이 번뜩이는 순간 그의 손을 떠난 검이 소년의 목을 꿰뚫었다.

잠깐의 고통도 허락하지 않는 안식을 선물해 준 것이다.

"모두 경배하라. 내가, 영웅 왕이 돌아왔노라!"

준형 또한 감금된 죄인을 소환하는 조건을 충족시킨 뒤였다.

피리 부는 소년이 쓰러지고 마침내 11층에 감금된 죄인, 길가메시가 낭랑한 외침을 터뜨리며 모습을 드러냈다.

마치 땅에서 솟아난 것처럼 갑자기 나타난 그는 압도적인 존재감을 과시한 채로 준형을 응시했다.

"네 녀석이 나를 깨운 것이냐?"

정훈에게 그랬던 것처럼 오만한 시선은 여전하다.

그도 그럴 게 길가메시란 인물은 창조주 이외의 그 누구에게도 무릎을 꿇어 본 적이 없는 사내기 때문이다.

"……."

길가메시의 물음에도 준형은 굳게 닫힌 입을 열지 않았다.

다만 굳게 쥐어져 있는 오른 주먹을 앞으로 뻗어 자신이 끼고 있는 선택받은 자의 반지를 보여 주었다.

"그, 그건……."

줄곧 오만한 태도로 일관하던 길가메시의 눈이 당혹감으로 물들었다.

눈앞에 나타난 반지.

그것은 그의 일생 중 유일한 패배와 굴욕을 상징하는 증표였다.

"네 녀석이 어떻게 약속의 증표를!"

"그것은 제가 바로 선택받은 자이기 때문입니다."

놀란 길가메시의 귓가로 준형의 말이 파고들었다.

선택받은 자.

그 말이 의미하는 바를 깨달은 길가메시의 눈이 차분하게 가라앉았다.

"약속을 이행하길 원하는가, 선택받은 자여."

굴욕의 그날, 그는 맹세했다.

약속의 증표를 지닌 자가 앞에 나타난다면 자신이 지닌 한 가지 보물을 양도하기로 말이다.

"약속을 이행해 주십시오."

준형은 망설이지 않고 대답했다.

"지금 약속을 이행하겠다."

그리 말한 길가메시는 손바닥이 하늘로 향하게끔 펼친 양손을 앞으로 뻗었다.

그런데 그의 손바닥에는 아무것도 존재하지 않았다.

"이게……?"

막 의문을 제시하려던 준형은 황급히 말을 멈춰야만 했다.

휘오오.

주변 대기가 길가메시의 손바닥 위로 모여들었다.

처음에는 그저 대기의 흐름만이 보였지만, 시간이 지날수록 그것은 점차 형체를 띠어 갔다.

그것은 한 쌍의 귀걸이였다.

아무런 장식도 되어 있지 않은, 어찌 보면 평범하기 그지 없는 둥근 띠 형태의 귀걸이가 완성되었다.

떨리는 두 손으로 그것을 받아들였다.

이로써 '절대자 세트'를 구성하는 10개 중 2개를 착용하게 되었다.

어떻게 보면 10개 중 고작 2개에 불과하다고 생각할 수 있다.

하지만 고작 2개에 불과한 그것은 하나일 때와는 비교도 할 수 없는 위력을 발휘한다.

"그럼 이제 죽어라!"

조금 전까지만 해도 경건한 의식을 치루는 것처럼 행동하던 길가메시의 태도가 돌변했다. 아니, 갑자기 돌변한 게 아니다.

굴욕의 그날, 이 귀걸이를 전해 받을 때부터 꿈꾸었던 일이었다.

맹세를 한 바가 있기에 보관해 두었던 물건은 전해 주었다.

그리고 그의 맹세는 그것으로 끝이었다.

그의 개가 된 이를 살려 둘 마음이 추호도 없었던 것이다.

콰콰콰콰.

오직 파괴만을 위한 엔키두의 기운이 몰아닥쳤다.

다른 누구도 아닌 그의 개다.

전력을 다하지 않는다면 당할 수도 있다는 생각이 들었던 터라 일말의 여력도 두지 않았다.

하지만 파도처럼 덮쳐 오는 죽음의 기운을 바라보는 준형의 눈동자는 그 어느 때보다 평온했다.

"돌아가라."

독백과 같은 한 마디는 절대적인 힘을 지닌 것이었다.

그와 동시에 준형의 몸 주변을 백색의 보호막이 감쌌다.

퉁.

일대를 장악한 파괴의 기운은 백색 보호막을 파괴하지 못했다.

아니, 파괴하지 못했을 뿐만 아니라 방향을 바꾸어 주인인 길가메시를 향해 매섭게 쇄도했다.

쿠콰콰콰콰콰.

그런데 그 기운이 범상치 않다.

돌아가는 기운은 처음 발현했을 때보다 배는 강해진 상태였다.

2개의 절대자 세트가 모이면서 발생한 세트 효과, 리플렉션Reflection 덕분이었다.

이 절대적인 권능은 자신을 향한 모든 적대적인 기운을 튕겨 낸다.

단순히 튕겨 내는 것뿐만 아니라 배는 강해져 상대에게로 돌아가게 하는 것이었다.

"제길!"

감히 경시하는 마음 없이 전신의 모든 기운을 쥐어 짜내어 완성한 기운이었다.

그런데 위력이 배가 되어 돌아온다면 아무리 위대한 영웅이라 해도 놀랄 수밖에 없다.

지금 길가메시의 심정이 그러했다.

"으아아압!"

죽음을 예감했다.

하지만 가만히 앉아서 당하고 있지만은 않는다.

최후의 발악, 길가메시는 남아 있는 모든 힘을 끌어내어 자신을 덮쳐 오는 파괴의 기운에 맞섰다.

강력한 두 기운이 충돌했지만, 뒤이어 찾아온 것은 정적이었다.

마치 아무런 일도 없었던 것처럼 정적만이 장내를 휘감았다.

저벅저벅.

그 정적을 깬 건 줄곧 그 자리를 지키고 있었던 준형이었다.

느릿한 그의 걸음이 향한 곳은 엔키두를 휘두른 그 상태 그대로 멈춰 있는 길가메시에게였다.

준형이 가까이 다가왔지만, 길가메시는 전혀 미동도 하지 않았다.

정지 화면을 보는 듯 멈춰 있는 그에게 다가간 준형이 가볍게 손을 가져다 대었다.

파스스.

먼지가 된 길가메시의 육신이 바람을 타고 흩어진다.

최후의 발악은 결국 실패로 돌아갔고, 그는 예정된 소멸을 맞이하고 말았다.

"쿨럭!"

먼지가 되어 흩어지는 그 광경을 응시하던 중 준형은 죽은 피를 쏟아냈다.

절대적인 권능을 지닌 세트의 힘을 발현하기 위해선 막대한 대가가 필요했고, 그 대가는 준형의 근원적인 생명력이었다.

절대적인 힘을 발휘할 순 있지만, 그 대가로 자신의 생명력을 바쳐야만 하는 것이다.

"이제 얼마 남지 않았다. 앞으로 조금만 더……."

아주 조금의 씁쓸함을 제외하면 준형에게선 한 점의 망ㅁ설임도 찾아볼 수 없었다.

조금만 더. 조금만 더 다가간다면 자신이 등에 업은 수많은 생명을 살릴 수 있다. 준형의 머릿속은 오직 그것만으로 가득 차 있었다.

작정을 하고 아틀란티스에 칩거를 시작한 지 60일이 지났다.

그 오랜 시간 동안 완벽한 준비라는 하나의 목표를 위해 달린 정훈은 스스로 만족할 만하다는 판단 하에 칩거를 깨고 다시금 오만의 탑을 오르기 시작했다.

과연 12층에는 어떤 죄인이 기다리고 있을까.

예상한 것처럼 70층에 있어야 할 자일지, 그도 아니면 더 높은 층을 지키는 자일 수도 있다.

긴장이 되기도 했지만, 60일간의 준비를 끝마친 뒤였다. 만반의 태세를 갖춘 그는 찾아올 죄인을 기다렸고, 뜻밖의 상황과 대면할 수 있었다.

본래 12층에 감금되어 있어야 할 죄인인 지우수드라가 나타난 것이다.

당연히 고층의 죄인이 나타날 것으로 예상했던 정훈으로선 조금은 맥이 빠지는 순간이 아닐 수 없었다.

물론 보다 쉬운 상대가 나타난 게 불만일 턱은 없었다.

강력한 마력을 지닌 대제사장인 지우수드라를 손쉽게 처치하고 13층을 올라갔다.

이번에는 고층의 죄인이 나타나지 않을까. 하지만 그의 예상은 번번이 빗나가고 말았다.

13층도 14층도, 20층을 지나는 동안 오르비스의 지식에 나와 있는 죄인들과 대면할 수 있었다.

처음에는 의아하기도 했지만, 본래 있어야 할 자들이 있는 것뿐이었다.

머릿속을 복잡하게 만드는 상념을 털어버린 채 오만의 탑을 오르는 데 집중했다.

탑을 오르면 오를수록 그 속도를 더욱 빨라졌다.

그럴 수밖에 없는 게 10층마다 주어지는 휴식의 층에서 전력을 보강했기 때문이다.

20층에서 얻은 건 완성된 요리를 한 단계 더 높을 등급으로 만들어 주는 진화의 솥이었다.

이 솥을 통해 그간 만들 수 없었던 태초급의 요리를 만들 수 있었는데, 이는 단순히 일시적인 버프 효과에 그치지 않았다.

몇몇 태초급 요리는 영구적으로 그의 능력을 상승시켜주는 효과가 있었던 것이다.

그간 만들지 못해 모아 둔 재료는 넘쳐나는 상태였다.

진화의 솥을 얻은 그 즉시 시간을 들여 각종 요릴 만들었고, 그는 비약적인 능력의 상승을 이룩할 수 있었다.

30층을 정복한 대가는 구야자의 망치였다.

사실상 거장의 반열에 오른 유일무이한 전설의 대장장이인 구야자가 즐겨 사용한 도구로, 모든 제작 물품의 등급을 한 단계 상승시키는 효과를 지니고 있었다.

역시 그동안 제작할 수 없었던 태초급의 무구를 제작할 수 있게 된 것이다.

모든 준비가 갖춰졌다.

망설일 것이 무엇이겠는가.

즉시 아틀란티스를 찾아 고대하던 태초급 무구를 완성했다.

무려 보름이라는 시간 동안 그가 제작에 성공한 건 고작 2개였다.

그것도 완성품이라곤 볼 수 없는 것, 그것은 바로 검집이었다.

용광검과 엑스칼리번에 딱 맞는 검집을 제작했는데, 연금술이나 요리보다 더욱 큰 전력의 상승을 가져왔다.

지금껏 존재하지 않았던 태초급의 검집이 지닌 효과는 검의 효과를 더욱 상승시키는 것이었다.

그렇지 않아도 태초급 중 상위의 능력을 지니고 있었던 두 개 검은 검집을 만나 한층 더 성장했다.

만약 태초급 이상의 등급이 있었다면, 이 두 개의 검은 능히 그 단계에 들어섰다고 할 수 있을 정도였다.

검집을 통해 또 한 번 도약한 정훈은 더욱 빠른 속도로 탑을 올라 40층을 정복할 수 있었다.

휴식의 층마다 신의 동전 10개를 소모해 숨겨진 보상을 얻어 왔었다.

하지만 40층에 오른 그는 지금까지와 다르게 신의 동전을 소모하지 않았다.

쓸 가치가 없기에?

아니다.

40층의 휴식의 층에 준비된 물품 중에는 예비 목숨이라 할 수 있는 불로초 등 갖가지 진귀한 보물이 준비되어 있었다.

위험한 전투를 치러야만 하는 정훈에게 그 어떤 보물보다 더 필요한 것이었지만, 그 모든 것을 떨쳐 낸 채로 탑을 올랐다.

그렇게 탑을 오르던 그는 마침내 50층을 정복했다.

이로써 20개에 달하는 신의 동전을 지닌 채 고대하고 고대하던 휴식의 층, 아니, 오직 50층에만 존재하는 보상의 층에 다다를 수 있었다.

보상의 층은 지금껏 지나왔던 휴식의 층과는 다르다.

단적인 예를 들면 동네 시장에서 대형마트로 바뀌었다고 할 수 있을 정도였다.

백색의 공간, 정 가운데 나 있는 길을 중심으로 양측엔 네모난 점포가 늘어서 있었다.

유리와 같이 안속이 훤히 비치는 점포 안에는 화려한 복장의 상인들이 손님을 기다리는 중이었다.

손을 잡아끌거나 소리를 지르는 등 어떻게든 손님을 모셔가기 위해 혈안이 된 휴식의 층과는 달리 그저 기다리는 것으로 호객 행위를 대신했다.

그 덕분에 정훈은 누구의 방해도 없이 목적한 곳에 다다를 수 있었다.

걸음을 멈춘 그가 고개를 들어 정면을 응시했다.

비교적 작은 점포들과는 달리 거대한 건물, 아니, 빌딩이라 부를 만한 것이 시야에 가득 찼다.

진열된 목록을 확인할 수 있도록 표시해 둔 금속 팻말에는 '명품관'이라는 고대 문자가 새겨져 있었다.

제대로 찾았다.

목적한 곳임을 확인한 그가 건물 안으로 걸음을 옮길 때였다.

"거기, 잠깐 멈춰냥!"

날카롭게 파고드는 음성에 걸음을 멈출 수밖에 없었다.

정면, 시야에 들어오는 건 없다.

시선이 아래로 향한다. 그제야 자신의 앞을 막아선 존재를 확인할 수 있었다.

'고양이?'

처음 그것을 보고 떠올린 것은 고양이였다.

하지만 이내 자신의 생각을 정정해야만 했다.

분명 얼굴은 고양이다.

하지만 얼굴과 등 쪽으로 길게 솟아난 꼬리를 제외하면 인간에 더 가까운 체형을 가지고 있었다.

'냥족이로군.'

오르비스의 지식을 통해 그들의 정체를 파악한 정훈은 긴장할 수밖에 없었다.

이 귀여운 외모 뒤에 숨은 그들의 힘을 깨닫고 있었기 때문이다.

현재 그가 알고 있는 가장 강력한 존재를 꼽으라면 80층에 감금된 죄인 치우천황을 떠올릴 수밖에 없다.

하지만 그건 일반적으로 상대해야 하는 적으로 제한했을 때의 이야기다.

적이 아닌, 모든 존재로 영역을 확대했을 때 곧장 떠오르는 건 바로 눈앞에 있는 냥족이었다.

오직 보상의 층, 그것도 명품관에서만 볼 수 있는 그들은 모든 것을 초월하는 강력한 힘을 지니고 있다.

그럴 수밖에 없는 게 그들이 바로 온갖 희귀한 보물을 전시한 명품관의 가드Guard기 때문이었다.

그 어떤 힘을 지닌 자가 들이닥친다 해도 제압할 수 있는 힘을 창조주에게 직접 부여 받은 상식 밖의 존재들이었다.

아무리 정훈이라 해도 감히 신의 사자들 앞에서는 경거망동할 수 없었다.

"이곳은 명품관, 자격을 갖춘 자가 아니면 입장할 수 없냥."

괜히 명품관이라는 명칭과 함께 최강의 가디언이 지키고 있는 게 아니다.

특별한 자격을 갖춘 자가 아니면 입장이 제한되어 있었던 것이다.

"자격이라면 충분할 겁니다."

정훈은 지금까지 얻은 신의 동전 다섯 개를 부채처럼 펼쳐 보였다.

명품관에 입장하기 위한 자격이란 건 바로 신의 동전을 뜻하는 것이었다.

그것도 5개 이상을 가지고 있어야만 비로소 입장이 가능하다.

"확인했냥."

뚫어지게 동전을 응시하던 냥족은 이내 옆으로 물러나 길을 터 주었다.

옆으로 물러선 냥족을 뒤로한 채 명품관에 발을 들였다.

"어서 오십시오."

발을 들이기 무섭게 환대한다.

황금색과 흰색으로 조화된 드레스를 입은 아름다운 여성, 연녹색 머리칼을 자랑하는 그녀는 이 세상의 모든 아름다움이 집결된 듯한 미를 뽐내고 있었다.

나무의 요정 드라이어드Dryad. 정훈을 반긴 눈부신 미녀의 정체였다.

"오늘도 명품관을 찾아 주신 고객님께 감사의 인사를 드리며, 지금부터 간략하게 설명을 드리고자 하는데 괜찮으시겠습니까?"

익히 알고 있는 내용에 관한 것이지만, 막지 않았다.

요즘 들어 워낙 변수가 많이 생기고 있기에 본인이 지닌 정보로만 상황을 판단하지 않으려는 의도였다.

정확히 말하면 자신이 지닌 지식과 정보를 신뢰하지 못하는 상태였다.

"우선 1층은 고객님을 모시는 고객만족실로……."

동의를 얻은 그녀가 차분히 설명을 이어 갔다. 알고 있는 내용과 다른 건 없었다.

1층은 명품관을 찾은 고객을 맞이하는 고객만족실로 안내를 맡은 직원을 제외하곤 어떠한 것도 찾아볼 수 없었다.

본격적으로 명품관의 물건을 구경할 수 있는 건 2층부터 시작이었다.

2층에는 머리에서부터 발끝가지, 착용자를 보호하기 위해 제작된 방어구가, 3층에는 반지와 귀걸이, 그리고 목걸이로 구성되어 있는 각종 장신구, 그리고 4층에는 날카롭게 벼려진 무기들이 그 자태를 뽐내고 있었다.

하나같이 태초급, 그것도 최상급의 권능을 지닌 것들로만 진열되어 있는, 그야말로 명품이라 부를 만한 것들이었다.

하지만 정훈은 그 모든 층을 그냥 지나쳤다. 마치 보물이 아니라 돌을 바라보는 것처럼 느껴질 정도로 무감각한 모습이었다.

"마음에 드는 물건이 없으신가요?"

눈앞에 있는 보물에도 시큰둥, 이를 설명하는 그녀에게도 시큰둥한 정훈의 태도에 결국 참지 못하고 질문을 던졌다.

"원하는 건 5층에 있습니다."

"아!"

아이템
매니아

그제야 시큰둥한 정훈의 태도를 이해할 수 있었다.

아니, 완전히 이해한 건 아니다. 5층이라는 말에 곧장 의문이 들었다.

'고작 5층에 목적이 있다고?'

5층에 진열되어 있는 건 물약을 비롯한 각종 소비 용품이다.

하나하나가 대단한 효능을 지닌 보물들이지만, 무구와 비교하면 그 효용성은 비교 불가능한 것이다.

무구는 부서지지 않는 한 계속해서 사용 가능하다.

하지만 소비 용품은 말 그대로 소비하는 것, 즉 일회성의 용도였다.

물론 무구와 비교하면 가격이 비교적 저렴하다는 메리트가 있긴 하나 일회성인 것을 감안하면 그다지 싼 것도 아니었다.

지금껏 명품관을 찾은 많은 고객들 중 소비 용품에 관심을 가진 이는 단 한 명도 없다는 게 이를 증명하고 있었다.

"소비 용품으로 괜찮으시겠습니까?"

거듭 묻는 질문에 고개를 끄덕이는 것으로 대답을 대신했다.

일순 흔들리던 드라이어어드의 눈빛이 안정을 되찾았다. 고객이 무엇을 찾건 그녀가 관여할 바가 아니다.

더 이상의 오지랖은 월권. 그녀는 예의 접대 미소를 띤 채로 정훈을 안내했다.

그렇게 원하던 5층에 도달할 수 있었다.

언뜻 보기에도 영롱한 빛깔을 띤 색색의 물약과 마법 양피지, 용도를 짐작하기 어려운 깃발 등 셀 수 없이 많은 소비용품이 진열된 곳이었다.

"찾으시는 물건이 있으신가요?"

이 층에 올라올 때면 항상 물었던 질문이다.

2층부터 4층까지 도달하는 동안 이 질문에 대답한 적은 없었다.

"연옥煉獄을 봤으면 합니다."

"여, 연옥요?"

줄곧 접대 미소로 일관하던 드라이어드의 눈에 당혹감이 물들었다.

처음 5층에 볼일이 있다는 말을 들었을 때도 이토록 놀라지는 않았다.

"정말 찾으시는 게 연옥이 맞으신가요?"

"그렇습니다."

믿을 수 없었던지 눈을 동그랗게 뜬 그녀가 되물었고, 그렇다는 대답을 들을 수 있었다.

특별히 찾는 물품이 있다고 하기에 무언가 원하는 게 있다고 생각했다.

그런데 그 원한다는 게 연옥일 줄은 꿈에도 상상하지 못했다.

'이거 완전 호구 아냐?'

억겁의 세월 동안 이곳 명품관에서 일을 해 왔지만, 연옥을 찾는 이는 처음이었다.

용도를 알지 못해서? 아니.

연옥은 버젓이 명품관에 진열된 물품이었고, 고객이 원하면 그에 대한 상세한 설명을 해 주었다.

연옥에 관한 설명을 들은 이들 중 그것을 가지겠다고 말한 고객은 지금껏 단 한 명도 없었다.

그럴 수밖에 없는 게 연옥은 모든 고객들이 치를 떠는 '확률성 아이템'이었기 때문이다.

"문제라도 있습니까?"

머뭇거리고 있는 드라이어의 귓가로 정훈의 음성이 파고들었다.

'이런!'

항상 완벽한 모습만을 보여 왔던 그녀에겐 치명적인 실수라 할 수 있는 부분이었다.

"아, 죄송합니다. 연옥이 있는 곳으로 안내해 드리겠습니다."

자신의 실수를 인지한 그녀는 걸음을 빨리해 정훈을 인도했다.

오른쪽으로 나 있는 길을 통해 꽤 걷고 나서야 목적한 곳에 도착할 수 있었다.

네모난 유리관 안에는 수시로 색이 바뀌고 있는 엄지손가락만 한 구슬이 들어 있었다.

그 순간 정훈의 눈동자에 기광이 스치고 지나갔다.

오르비스의 지식이 말하고 있었다. 눈앞에 있는 구슬은 연옥이 확실하다고 말이다.

"가격은 아래에 표시되어 있습니다."

그 말인 즉 물건에 대한 값을 지불할 수 없다면 결코 가질 수 없다는 것을 나타낸다.

연옥을 향하던 정훈의 시선이 아래로 내려갔다.

재질을 알 수 없는 검은 금속판에는 20이라는 숫자가 양각되어 있었다.

"바로 지불하겠습니다."

원하는 것이 눈앞에 있다. 망설일 이유가 없었다.

보관함을 열어 30부터 50까지의 숫자가 새겨진 신의 동전을 꺼냈다.

"화, 확인했습니다."

20개에 달하는 신의 동전을 확인한 드라이어드는 또 한 번 놀랄 수밖에 없었다.

이 희귀한 동전을 20개나 지니고 있다는 사실과 함께 그것을 망설이지 않고 지불하는 결단력에 놀란 것이다.

신의 동전 15개면 명품관에 진열된 최상위의 무구를 구입할 수 있다.

그런데 고작 연옥 따위에 20개를 소모한다는 건 그녀의 상식으로는 이해할 수 없는 일이었다.

"물건 값을 받았습니다. 그럼 물품을 이전하겠습니다."

손바닥을 입술 근처로 가져간 그녀가 가볍게 숨을 불어넣었다.

-연옥을 획득했습니다.

마법적인 힘에 의해 곧장 보관함으로 연옥이 들어왔다.

그리고 그 순간 정훈은 연옥에 관한 정보를 확인할 수 있었다.

연옥

등급 : 알 수 없음(Unknown)
효과 : 복용 시 좀 더 높은 확률로 저주, 좀 더 낮은 확률로 축복을 받을 수 있다
설명 : 태초부터 존재해 온 기이한 물질. 무어라 설명할 수 없는 신비한 힘이 느껴진다.

악의 부적 이후 등급이 명시되어 있지 않은 아이템의 재등장이었다.

다른 점이라 한다면 효과가 활성화되어 있지 않은 부적과

달리 그 효과를 바로 알 수 있다는 것이다.

복용 시 높은 확률로 저주에 걸리거나 낮은 확률로 축복을 얻는다.

문제는 그게 어떤 저주인지, 혹은 어떤 축복인지에 관한 내용이 없다는 점이다.

'운이 따라 주지 않는다면 그걸로 끝이다.'

보관함 한쪽, 연옥을 바라보는 정훈의 미간으로 내 천자가 그려졌다.

그 어디에도 연옥이 지닌 효과에 관한 내용은 나와 있지 않으나 위대한 계획을 엿본 오르비스의 지식에는 그 효과가 자세히 나와 있었다.

우선 높은 확률에 해당하는 저주에 관한 것은 4개로 분류할 수 있다.

능력치 중 하나를 영구히 0으로 떨어뜨린다.

습득한 스킬 중 하나를 영구히 제거한다.

가장 많이 사용하는 무구 중 하나를 파괴한다.

어떤 회복의 권능에도 치유되지 않는 치명적인 상처를 남긴다.

어느 하나가 걸리더라도 전력의 반 이상이 날아갈 수밖에 없는 치명적인 저주였다.

그렇다면 이와 반대되는 축복에는 어떤 종류가 있을까.

능력치 중 하나를 새로운 영역으로 이끈다.

습득한 스킬 중 하나를 영구히 강화한다.

가장 많이 사용하는 무구 중 하나를 영구히 강화한다.

죽음에 이르는 상처를 넘겨주는 불사의 생명 3개를 부여한다.

강력한 저주인 만큼 반대되는 축복의 효과도 하나같이 대단한 것뿐이었다.

물론 이게 저주와 축복의 모든 것은 아니지만, 그 중 정훈이 원하는 게 있었다.

'세 개의 목숨.'

예전 불사자와 같은 언령의 효과를 세 번이나 보장받는 축복이었다.

하나의 예비 목숨만 해도 그렇게 든든하기 그지없었는데, 3개라면 설명할 필요가 없다.

무슨 수를 써서라도 얻고 싶은 능력이었고, 충분히 위험을 감수할 만한 가치가 있었다.

게다가 그건 무모한 모험만은 아니었다.

'운수대통이 있는 이상 확률은 낮지 않다.'

그에겐 운수대통이라는 특수한 언령이 있었다.

이 언령이 지닌 효과는 주사위의 더블 확률을 높여 주는 것이었지만, 특이하게도 연옥의 확률에도 영향을 미친다.

현재 운수대통이 지닌 확률 증가는 31퍼센트에 달한다.

본래 연옥을 복용한 후 저주에 걸릴 확률은 60퍼센트, 축복에 걸릴 확률은 40퍼센트다.

하지만 운수대통의 31퍼센트가 적용이 되면 저주는 29퍼센트, 축복은 71퍼센트로 바뀐다. 충분히 모험을 걸어 볼 만한 확률이 되는 것이다.

"볼일은 다 봤습니다."

상념에서 벗어난 정훈이 드라이어드에게 말했다.

이제 이곳에서 봐야 할 모든 일은 끝났다.

모두가 지켜보는 앞에서 복용할 마음은 없었던 터라 밖으로 나가고자 말을 꺼냈다.

"그럼 곧장 건물 밖으로 보내 드릴까요?"

힘들게 다시 아래로 내려갈 필요가 없다.

여러 마법적인 능력을 지닌 드라이어드는 순식간에 고객을 원하는 위치로 이동시킬 수 있었기 때문이다.

이번에도 고개를 끄덕이는 것으로 대답을 대신했다.

"그럼 다음에 다시 뵙겠습니다. 사랑합니다, 고호갱님."

어쩐지 마지막 말이 호갱님으로 들리는 듯 했지만, 신경을 껐다.

슈웅.

드라이어드의 입김이 닿자 순식간에 주변 사물이 바뀌었다.

주변을 둘러보자 그곳이 명품관에서 100미터 정도 떨어진 한적한 길가라는 것을 알 수 있었다.

마침 인적이 드문 곳이다. 아니, 사실 점포에 있는 상인들

아이템
매니아

을 제외하면 길가에 나와 있는 건 그가 유일했다.

곧장 보관함에 넣어 둔 연옥을 꺼내 들었다.

꿀꺽.

긴장이 되지 않는다면 거짓말일 것이다.

아무리 확률이 상승했다지만, 무려 30퍼센트에 육박하는 꽝의 확률이 남아 있었기 때문이다.

저주에 걸리는 순간 그는 지금의 여정 모든 것을 포기해야 할 정도로 치명적인 타격을 입게 된다.

'모험이 없다면 얻는 것도 없다.'

특히 손에 쥘 수 있는 대가가 큰 것이라면 모험을 감행할 수밖에 없다.

지금 그는 창조주라는 초월적인 존재를 상대해야 하는 입장이었기 때문이다.

어떻게든 변수를 만들어야만 한다.

특히 그의 개입이 본격적으로 시작되고 있는 지금의 상황이라면 더더욱 말이다.

결심은 섰다.

정훈은 망설이지 않고 연옥을 삼켰다.

연옥을 삼킨 순간 마치 불덩이를 집어삼킨 것처럼 화끈한 고통이 찾아왔다.

처음에는 견딜 만했다.

하지만 목을 지나 내장을 훑는 순간 지금까지완 비교할 수 없는 고통이 육신을 불살랐다.

"크으!"

절로 신음이 터져 나왔다. 그것은 아무리 대단한 인내심을 지닌 정훈이라 해도 참을 수 없는 종류의 것이었다.

"크으으. 제, 제길."

모든 세포 하나하나가 불길에 타들어 가는 고통에 이를 악물었다.

하지만 몸을 불사르는 그 고통보다 자꾸만 엄습하는 불길한 예감에 몸을 떨어야만 했다.

'저주인가?'

아직 확정 지을 순 없지만 이 정도의 고통을 동반하는 것이라면 축복이 아닌, 저주로 의심할 수밖에 없다.

찰나에 불과한 시간 동안 오만가지 상념이 그의 머릿속을 스치고 지나갔다.

"크아악!"

내장을 태울 듯 타오르던 불덩이는 마침내 폭발을 일으켰고, 정훈의 비명을 동반하게 만들었다.

'삐이이!'

타인에게는 들리지 않는 치느님의 날카로운 울음과 함께 알람이 파고들었다.

─계승의 의식 완료.

-심연으로 도피한 자의 일부 능력 전이.

-심연의 축복 적용.

-'스킬 : 보완' 획득.

'뭐, 뭐?'

그 순간 정훈은 알 수 없는 이질감을 느껴야만 했다. 아니, 알 수 없는 게 아니라 이질감의 근원지는 명확했다.

귓가에 파고든 알람의 음성이 바뀌어 있었다.

본래는 젊은 여성의 음성이 차가운 남성의 것으로 바뀐 상태였던 것이다.

이계로 소환된 지 상당한 시일이 흘렀지만, 알람의 음성이 바뀐 건 이번이 처음이었다.

하지만 처음 겪는 현상에 놀라는 것도 잠깐에 불과했다.

이어서 눈앞에 뜬 스킬의 정보에 눈을 부릅뜰 수밖에 없었다.

보완(패시브)

효과 : 세트 아이템 중 하나만 갖춰도 모든 세트 효과 활성화.

숙련도 : Max.

설명 : 심연으로 도피한 자의 일부 능력이 활성화되었다.

축복을 통해 획득한 스킬은 지금까지 보지도, 듣지도 못한 굉장한 효과를 자랑하는 것이었다.

'오르비스의 지식에도 없다.'

갑작스레 찾아온 행운에 마냥 기뻐하지만은 않았다.

어느새 냉철함을 되찾은 그는 머릿속의 정보를 뒤져 보완이라는 스킬에 관한 것을 뒤져 보았다.

하지만 각인된 지식 속에서 해당 스킬에 관한 항목은 단 한자도 찾아볼 수 없었다.

'밝혀지지 않은 연옥의 축복 중 하나라고도 여길 수 있겠지만……'

그것이 도달할 수 있는 최선의 결론이었지만, 여전히 풀 수 없는 의문이 많이 남아 있었다.

갑자기 바뀐 알람의 음성.

계승의 의식.

심연으로부터 도피한 자.

오르비스의 지식에도 나와 있지 않은, 모든 게 의문투성이였다.

물론 나쁠 건 없다.

밸런스 붕괴를 일으킬 정도로 굉장한 효과의 스킬을 획득했고, 이것이 창조주와의 전투에서 유리하게 작용할 것이 빤하니 말이다.

그저 영문을 알 수 없는 현상에 약간의 찝찝함이 남아 있다고 해야 할 것이다.

'당장은 알 수 있는 게 없다. 털어 버리자.'

지금까지 그래왔던 것처럼 복잡한 상념을 털어 냈다.

지금 당장 알 수 있는 건 아무것도 없다.

어차피 고뇌해 봐야 얻을 수 있는 게 없는 일에 시간과 노력을 소비할 수는 없는 일이었다.

상념을 털어 버린 그가 뒤이어 한 일은 무구를 점검하는 것이었다.

새로이 얻은 스킬을 통해 세트 무구 중 단 하나면 착용해도 모든 세트 효과를 얻을 수 있다.

그 말이 의미하는 건 각기 다른 세트 아이템을, 부위가 겹치지 않게 착용할 경우 무려 11개의 세트 효과를 활성화시킬 수 있다는 것이다.

아무리 태초급에 달하는 능력을 지닌 무구여도 그것 하나가 지닌 능력보다 세트 효과가 더욱 강력하다.

그렇기에 태초급 세트를 모두 모으는 것은 거의 불가능한 일이라고 봐도 무방하다.

그런데 정훈은 1개, 2개도 아닌 11개의 세트 효과를 활성화시킬 수 있는 것이다.

지니고 있는 아이템 중 세트 아이템만을 선별했다.

그리고 그중에서 부위가 겹치지 않는 것으로만 착용했다.

첫 번째로 선택된 건 역시 용광검이었다.

용광검, 오우관, 오룡거五龍車, 3개를 모아야만 발동하는 천랑왕 효과가 발동했다.

천인의 혈통임을 증명하는 이 모든 세트가 모이게 되면 하늘의 가호를 받아 죽음에 이르는 공격으로부터 1회 보호해 준다.

고작 1회? 하지만 일반적으로 생각할 수 있는 1회성이 아니다.

천인의 혈통이란 권능은 1시간에 한 번 부여되는 것으로, 시간의 제한만 지킨다면 무한정의 목숨을 지닌 것과 진배없었다.

천랑왕 세트를 통해 예비 목숨이라는 최강의 방패를 손에 넣었다.

이어서 능력치를 한계까지 끌어올리는 아틀라스의 저주를 발동시키기 위해 귀걸이 한 쌍을 착용했다.

본래는 목걸이, 반지와 함께 3개를 착용해야 하는 아틀라스의 저주가 발동해 귀걸이 한쪽만으로도 모든 능력치가 현신의 한계에 이르게 되었다.

몸 전체를 가리는 칠흑의 전신 갑옷은 아틀라스에서 손수 제작한 세트 방어구인 마신갑魔神鉀이었다.

투구, 갑옷, 장갑, 부츠의 4개 세트로 이루어진 이 방어구의 세트 효과는 암흑 속성의 면역이었다.

암흑 속성에 관한 것이라면 단 1의 피해도 받지 않는다.

아무래도 몬스터, 그리고 그의 적중엔 암흑 속성을 지닌 이가 많기에 선택한 것이었다.

그리고 마지막을 장식한 건 역시 아틀라스에서 제작에 성공한 방패인 성혼聖魂이었다.

성스러운 자의 혼이라는 태초급 재료를 넣어 만든 이 방패는 성검聖劍과 함께 2개 세트로 구성된 세트 아이템이었다.

그런데 무려 태초급에 달한 방패지만, 그 능력을 보자면 형편이 없다는 것을 확인할 수 있다.

무無. 성혼의 능력은 아무것도 없다. 그저 모양만 예쁜 쇳덩이에 지나지 않는 것이다.

아무런 쓸 데도 없는 능력, 게다가 용광검과 엑스칼리번을 애용하던 그가 굳이 이 방패를 제작하게 된 건 뛰어난 세트 효과 때문이었다.

세트가 활성화되는 순간 정훈은 모든 공격에서부터 무적이 되는 보호막을 얻게 된다.

마력이 유지되는 한 이 보호막은 계속 유지가 가능해 원하는 때라면 언제든 적의 공격을 막아 낼 수 있었다.

물론 보호막을 유지하는 데 소모되는 마력이 어마어마하다는 단점이 있지만, 목숨을 위협하는 위기에서 벗어날 수 있기에 그것은 큰 단점이 되지 않는다.

이로써 현재 지니고 있는 모든 태초급의 세트 효과를 활성화했다.

물론 아직 다른 여러 부위가 남아 있긴 하지만, 그것은 세트가 아닌 태초급이나 혹은 태고급의 세트 부위로 착용할 수밖에 없었다.

태초급, 그것도 세트 효과를 지닌 무구는 아무리 정훈이여도 제한 된 수밖에 가지고 있지 않았기 때문이다.

그래도 4개의 세트 효과를 발생시켰다.

그런데 그 효과를 보면 공격보다는 방어에 치중되어 있음을 확인할 수 있다.

'우선은 살아남는 게 중요하니까.'

그간은 오르비스의 지식을 통해 적들의 특성을 알고 그에 맞는 전략을 준비할 수 있었다.

하지만 창조주의 개입이 시작되면서 모든 게 뒤엉켰다.

50층까지야 어떻게든 헤쳐 나올 수 있었지만, 이후의 길이 그리 평탄하지 않을 거라는 게 정훈의 생각이었다.

'길가메시는 시작에 불과할지도 모른다.'

불현듯 찾아온 예감에 불과할지도 모르나, 불길한 그의 생각은 지금껏 빗나간 적이 거의 없었다.

예상할 수 없는 난관을 준비하는 덴 모든 것을 뚫는 창보단 모든 것을 막을 수 있는 방패가 유용하다.

그것을 파악하고 있었기 때문에 마신갑과 성혼을 준비한 것이었다.

물론 이렇게 여러 개의 세트 효과를 활성화하게 될 줄은 꿈에도 몰랐지만 말이다.

꿈에도 몰랐던 상황은 변수로 작용하고, 이것이 후에 창조주를 엿 먹이는 데 중요한 힘이 되어 줄 것이다.

희망이 보인다.

오만의 탑 100층을 정복하고 마지막 관문을 넘어서는 것.

애써 부정하고 있었으나 불가능하게만 보였던 그 절망적인 길에 빛이 비추는 듯했다.

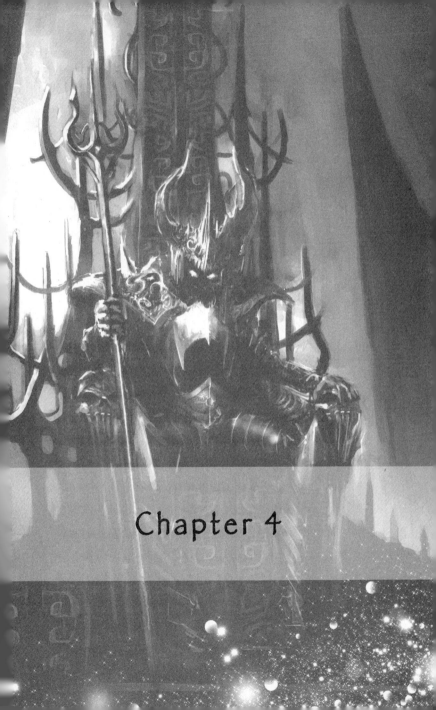

Chapter 4

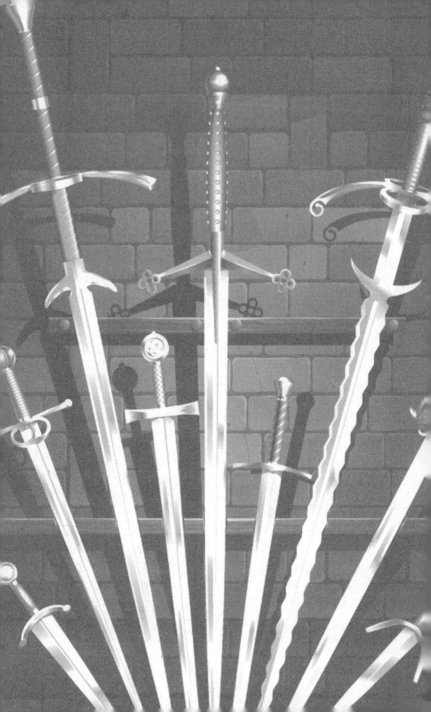

"귀빈을 뵙습니냥."

위대한 계획이라는 절대적인 법칙에 묶인 이들 중 가장 강력한 힘을 지녔다고 해도 과언이 아닌 냥족이 공손이 고개를 숙였다.

이는 앞서 정훈에게 보였던 고압적인 태도와는 전혀 다른 모습이었다.

고개를 숙인 그의 앞에 있는 건 이제 막 보상의 층에 다다른 준형이었다.

심지어 준형은 명품관에 들어갈 자격을 확인하는 일도 없었다.

준형은 자신을 향해 공손한 태도를 취하는 냥족을 뒤로한 채 명품관 안으로 들어섰다.

"어서 오십시오."

1층 입구에서 그를 맞이한 건 예의 드라이어드였다.

아름다운 접대용 미소를 띤 그녀는 오늘도 자신에게 주어진 임무를 다하기 위해 입술을 달싹이려 했다.

하지만 그건 준형이 착용한 반지와 귀걸이를 확인하기 전의 이야기였다.

"다, 당신은……?"

명품관이 생겨난 지 억겁의 세월 동안 그녀에게 주어진 임무는 단 하나였다.

이곳을 찾은 고객들에게 상품을 설명하고 그에 대한 값을 받는 것이었다.

본인 또한 그것이 유일한 임무라 여겼다.

하지만 지금 이 순간, 그녀는 자신이 창조될 때 부여되었던 비밀스런 임무 하나를 기억해 냈다.

"기다리고 있었습니다."

그와 동시에, 오랜 세월 동안 잠자고 있었던 두 번째 의식이 튀어나왔다.

"바로 안내해 드리겠습니다."

몽롱한 눈빛을 한 그녀의 안내가 시작되었다.

준형이 하는 일이란 말없이 드라이어드의 뒤를 따르는 것이었다.

그녀가 안내한 곳은 1층의 끝, 외벽으로 막혀 있는 곳이 었다.

다른 어떤 것도 보이지 않는 휑한 공간.

"후우!"

그녀의 입김과 함께 창조된 이후 지금까지 단 한 번도 드러난 적이 없었던 지하 1층으로 향하는 계단이 모습을 드러냈다.

"안내는 여기까지입니다."

드라이어드에게 주어진 임무는 숨겨진 지하 계단을 불러내는 것이었다.

의식을 묶은 족쇄는 그 이상의 행동을 하지 못하도록 구속하고 있었다.

가만히 고개를 끄덕인 준형이 계단 아래로 발걸음을 옮겼다.

한 치 앞도 분간할 수 없는 어둠이 덮쳐 왔다.

그러나 준형은 마치 익히 알고 있는 곳인 양 주저하지 않고 걸음을 내디뎠다.

그렇게 한참 동안을 이동하던 그는 마침내 목적지에 도달할 수 있었다.

1평이나 될 법한 좁은 석실 안.

그 안에는 명품관을 수놓고 있는 유리 진열대가 놓여 있었다.

그리고 그 유리 진열대에 놓여 있는 건 다름 아닌 목걸이
였다.

아무런 장식도 세공되어 있지 않은 평범한 금 목걸이.

바로 선택받은 자의 목걸이였다.

하지만 곧바로 가질 수 있는 게 아니었다.

오직 특별한 주문만을 통해서만 열리는 유리관이 가로막
고 있었기 때문이다.

준형의 시선이 아래로 내려갔다.

그러자 마치 오락실의 동전 투입구를 보는 듯한 일자형의
구멍을 확인할 수 있었다.

준형은 그것이 무엇을 의미하는 지 이미 알고 있다.

철그렁.

11이 양각되어 있는 신의 동전 하나를 넣었다.

하나가 다가 아니다. 12, 13, 14, 20, 30, 40, 그리고 50에
이르기까지.

11층부터 50층을 정복하며 얻은 40개 신의 동전을 모두 투
여했다.

지이잉.

40개 동전이 모두 들어가자 요란한 소리를 낸 유리가 마술
처럼 사라졌다.

드디어 세 번째 세트, 절대자로 가는 3개째의 무구를 손에
넣는 순간이었다.

50층 이후부터가 본격적인 게임의 시작이 될 것이라 생각
했다.

그리고 그 예감은 빗나가지 않았다.

"제기랄!"

구름이 자욱하게 낀 이름 모를 산봉우리.

그곳에서 아래를 내려다보던 정훈은 욕설을 내뱉을 수밖
에 없었다.

퀘스트 : 황제와 치우의 마지막 전쟁

내용 : 성군인 헌원 황제의 통치 하에 태평성대를 구가하던 고古나라.
하지만 누군가에게는 천국도 어떤 누군가에게는 지옥일 수 있다. 헌원
황제에게 역심을 품은 제후 중 하나였던 치우蚩尤는 악을 품은 병력을
모집, 반역의 깃발을 높게 들었다.

평화에 젖어 있던 황제의 군대는 독을 품은 치우의 병력을 감당하지 못
했다. 하지만 끈질기게 저항했고, 그렇게 999일간이라는 오랜 시간 동
안 전쟁을 치렀다. 그리고 마침내 1천 일째 되는 날 아침이 밝았다.

이 전쟁의 마지막을 장식하기 위해 탁록 들판에 모인 두 진영은 최후의
전투를 위해 준비에 여념이 없다.

이제 선택의 시간이다.

헌원 황제를 도와 고 나라의 태평성대를 도울 것인가.

치우를 도와 전쟁의 불길이 타오르게 할 것인가.

제한 시간 : 없음

성공 보상 : 51층의 상자

실패 벌칙 : 소멸

본래는 80층에서 맞이해야 할 시나리오가 그를 맞이하고
있었다.

의문 따위는 없었다.

창조주의 개입이 본격화되리란 건 익히 예상하고 있었던 바였기 때문이다.

게다가 그 방법이란 것도 11층에서 맞닥뜨린 길가메시와 똑같은 방식이었다.

다만 예상하지 못한 건 벌써부터 80층이나 되는 고층의 시나리오를 맞이할 줄은 몰랐다는 것이다.

'그래도 해볼 만하다.'

오히려 정상적인 방법으로 올라왔다면 좌절하고 말았을 것이다.

오르비스의 지식이 알려 준 80층의 난이도는 심연의 축복을 받기 전의 정훈이라면 결코 감당할 수 있는 수준이 아니었기 때문이다.

하지만 그건 어디까지나 과거의 이야기일 뿐이다.

보완이라는 희대의 사기적인 스킬을 얻은 정훈의 무력은 상상을 초월한다.

예비 목숨이라는 보험이 있는 이상 두려워 할 이유가 없었다.

결심이 선 순간 밑이 보이지 않는 까마득한 높이였지만, 망설이지 않고 뛰어내렸다.

한 마리 비조가 된 정훈이 빠른 속도로 동쪽을 향해 날아갔다.

그곳은 바로 반역의 깃발을 든 치우의 진영이 있는 귀군鬼軍이 있는 곳이었다.

헌원 황제의 중요 병력이 인간과 수인, 그리고 짐승으로 이루어져 있다면 치우의 군대는 오직 하나, 귀신들로만 구성되어 있었다.

그렇기에 치우의 임시 주둔지가 설치되어 있는 동쪽 평야에는 휴식을 취할 수 있는 어떠한 쉴 곳도 마련되어 있지 않았다.

귀기가 집약된 보라색 안개만이 자욱한 그곳에 살아 있는 생명체는 새로이 발을 들인 정훈밖에 없었다.

'지독하군.'

지식으로만 아는 것과 실제로 보는 것에는 많은 차이가 있다.

지금 정훈이 느끼는 바가 그랬다.

실제로 본 치우의 군대, 귀군이 지닌 그 기운은 웬만한 정신력으로는 버틸 수 없는 암울한 기운을 지니고 있었다.

평범한 사람, 아니, 꽤 단련을 한 입문자라 해도 그 기운에 닿는 순간 미쳐 버릴 수밖에 없을 것이다.

물론 정훈은 평범함이라는 범주에서 아득히 벗어난 인물

이었다.

그렇기에 망설이지 않고 귀기를 향해 발을 들였다.

"산 자의 냄새"

"어디냐. 산 자는 어디에 있느냐!"

귀기에 포착된 산 자의 기운. 그것을 감지한 귀군에 동요가 일었다.

치우에 의해 병력이 되긴 했으나 망자들이 지닌 근원적인 본능은 산 자를 먹어치우는 것이다.

본능을 억제할 수 없는 귀군이 정훈을 향해 모여들었다.

"산 자. 먹는다!"

"내꺼. 내꺼야!"

정훈을 발견한 그들이 앞 다투어 몰려오기 시작했다.

온몸이 썩어 문드러진 좀비, 뼈로만 이루어진 해골, 육신을 이루지 못한 정신체인 밴시 등 다양한 형태의 귀신이 몰려오는 그 광경은 섬뜩하기 그지없는 것이었다.

무심하게 그것을 지켜보던 정훈이 손을 아래로 늘어뜨렸다.

그 손끝이 닿은 곳은 오른쪽 허리, 하얀색 수실이 달린 칠흑의 검집이었다.

스릉.

손잡이를 잡은 채 힘을 주어 빼낸다.

스팟!

검에서 검을 빼낸다.

정훈이 한 일은 그게 끝이었다.

하지만 그 평범한 동작이 일으킨 변화는 실로 어마어마한 것이었다.

앞 다투어 달려오던 귀신들의 동작이 멈추었다.

비록 죽은 존재이나 이 세계에서 형상을 이룰 수 있도록 만들어 주는 코어가 파괴되었기 때문이다.

검을 빼낸 그 순간 이루어진 베기는 모든 적대적인 존재를 말살했다.

"감히 어디서 소란을 피우는 것이냐!"

압도적인 무력을 보여주어 간부를 등장케 하려는 계획은 성공적이었다.

놀라운 속도로 정훈 앞에 당도한 이.

그는 각기 다른 표정의 얼굴 3개, 그리고 8개의 팔을 지닌 귀신 아수라였다.

치우를 보좌하고 있는 8개 부대 중 가장 강력한 힘을 지닌 투귀들을 다스리는 대장 중 하나이기도 했다.

"황제가 보낸 것이냐?"

제멋대로 돌아가던 얼굴 중 하나.

평온한 얼굴이 정면에 배치되었다.

3개의 얼굴은 각기 다른 성향을 가지고 있고, 중앙에 위치한 얼굴이 지닌 성향을 따르게 된다.

    지금 정훈의 정면에 보이는 얼굴은 비교적 이성적인 성향을 지니고 있었다.

    만약 일그러진 얼굴이 나왔다면 대화의 여지도 없이 싸움이 벌어졌을 터였다.

    "황제 따위는 나를 품을 수 없다."

    황제를 따위라고 표현할 수 있는 자라면 최소한 그의 수하는 아니라는 것을 증명한다.

    그 의미를 깨달은 아수라의 눈동자에 이채가 스치고 지나갔다.

    "하하하, 황제 따위라……. 그것 참 마음에 드는 말이로구나. 그래. 그렇다면 묻겠노라. 너는 적이냐?"

    은근히 기대가 담긴 말이다.

    그럴 수밖에 없는 게 조금 전 그 놀라운 무력을 확인했기 때문이다.

    황제 헌원과의 최후 전쟁이 벌어지기 직전인 만큼 누구의 힘이라도 필요했다.

    그래서 인재를 등용하기 위한 병사를 모집 중이었다.

    비록 산 자라는 게 마음에 걸리긴 하지만, 이러한 힘을 지닌 존재라면 능히 품을 만하지 않겠는가.

    물론 그것은 적이 아니라는 가정을 했을 때의 이야기였지만 말이다.

    기대가 담긴 눈이 정훈을 응시한다.

지금은 약간의 호의를 보이고 있으나 그 대답에 따라 얼굴이 바뀔 것이다.

"치우는 황제와의 전쟁에서 승리하게 될 것이다."

"크하하하!"

정훈의 대답에 아수라는 광소했다.

감히 치우라는 이름을 입에 담은 것이 거슬리긴 했으나 어디까지나 그는 외지인이 아닌가.

면전에서 무례를 저지르지 않는 이상은 충분히 허용할 수 있는 정도였다.

그보다 중요한 건 그가 몸을 의탁하겠다고 청한 것이다.

그에 비하면 조금 전 다수의 귀군이 소멸한 것쯤은 아무것도 아니었다.

그 하나가 능히 사라진 병력을 능가하고도 남기 때문이다.

이것은 의외의 상황이었다.

본래 황제의 편에 서서 치우를 처치하는 게 가장 많은 보상을 얻을 수 있는 길이었기 때문이다.

지금 정훈은 오르비스의 지식이 알려 준 것과는 반대의 상황을 유도하고 있었다.

'정석적인 길은 독이 될 수 있다.'

처음 황제와 치우의 전쟁에 개입했을 땐 당연히 황제에게 가담하는 쪽을 떠올렸다.

하지만 그 생각을 이내 바꿨다.

선과 악이 극명하게 나뉘어 있고, 심지어 보상조차도 황제에게 가담하는 것이 더 좋다.

마치 그것을 선택하도록 강요하는 것처럼 말이다.

만약 이것이 그냥 게임이었다면 당연히 보상이 좋은 황제를 선택했을 것이다.

그러나 이제는 게임이 아닌 현실이다.

그것도 창조주, 아니, 게임으로 보자면 운영자가 개입하기 시작한 불공정한 게임 말이다.

당연히 함정을 팠을 것이고, 그 함정이 기다리고 있는 곳은 황제 진영일 경우가 높다.

'일단 시나리오가 시작된 다음에는 녀석도 개입할 수 없으니.'

창조주가 개입할 수 있는 영역은 어디까지나 시나리오가 시작되기 전, 즉 입문자가 진입하지 않았을 때로 한정된다.

이 절대의 법칙은 이계를 창조한 창조주조차도 변경하는 게 불가능하다.

오르비스의 지식을 통해 이러한 정보를 알고 있는 정훈으로선 모험을 시도할 수밖에 없었고, 지금 그 중요한 분기점에 서 있었다.

"네 녀석이 소동의 장본인인가?"

얼기설기 만든 나무 의자에 앉은 이.

회색의 머리칼에 넝마 조각과 같은 낡은 옷을 입은 그에게 선 짙은 고독과 회한의 분위기가 풍겨져 나오고 있었다.

반역자 치우.

평화로운 고 나라에 일대 파란을 불러일으킨 장본인으로 현재는 황제와의 마지막 전쟁을 준비하고 있는 귀군의 수장 이었다.

"그렇다."

"건방진……!"

"무험하구나!"

정훈의 대답에 곳곳에서 소란이 일었다.

그럴 수밖에 없는 게 귀군 사이에선 천황天皇이라는 이명 으로 불리는 자가 치우다.

하늘보다 위대한 이 앞에서 무례를 떨고 있으니 어찌 가만 히 있을 수 있겠는가.

"네 녀석이 정녕 죽고 싶은 게냐!"

그중 가장 적극적으로 나선 건 구름에 둘러싸인 어떤 존재 였다.

'풍백風伯.'

한 번도 본 적은 없으나 그 외형은 머릿속에 똑똑히 각인 되어 있었다.

풍백. 그 단어를 해석하자면 바람을 다루는 자였다.

치우와 함께 고 나라의 제후 중 한 사람으로 강력한 바람의 권능을 지닌 인물로 한 때는 황제의 최측근 중 하나이기도 했다.

물론 그것은 과거의 이야기일 뿐, 지금은 치우의 가장 열렬한 지지자 중 하나였다.

"당장 네놈의 어리석음을 사과하지 않는다면 여기서 죽는다."

음산하기 그지없는 음성이 파고들었다.

시선이 돌라가고, 그 끝에는 먹구름과 같은 기운에 휩싸인 특별한 존재가 보였다.

우사雨師.

풍백과 함께 헌원 황제를 보필하던 충실한 제후 중 하나였으나 역시 변심하여 치우를 돕고 있는 조력자였다.

'그 무력은 치우와 맞먹는 존재.'

치우의 무력은 심연의 축복을 얻기 전 정훈이 감당할 수 있는 수준이 아니었다.

게다가 그를 보좌하는 풍백과 우사의 경우에도 그와 비슷하거나 조금 모자란 수준.

물론 지금이야 예전과 비교할 수 없는 수준의 무력을 손에 넣었다고는 하지만, 그래도 방심할 수 없는 상대인 건 분명하다.

'헌원에게 더욱 강력한 조력자가 있다는 게 문제지만.'

치우, 그리고 풍백과 우사라는 든든한 우군을 보면서도 좀처럼 인상이 펴지지 않는 건 이 모두를 초월하는 막강한 존재가 떠올랐기 때문이다.

하지만 상념은 그리 길지 않았다.

지금은 불안한 미래를 떠올리는 것보다 눈앞에 닥친 일을 처리하는 게 순서였다.

"무례라. 미안하지만 나는 나보다 약한 자에게 예의를 차리지 않는 주의라서."

"무엇이!"

너무도 빤한 도발에 걸려든 건 풍백이었다.

치우의 광팬이라 볼 수 있는 그는 정훈의 도발을 넘기지 못한 채 신형을 움직였다.

아니, 그것은 움직임이라고 표현할 수 있을 만한 게 아니었다.

깜빡이듯 사라진 그는 어느새 정훈의 면전에 쇄도한 상태였다.

꽈르릉.

손으로 짐작되는 부위가 움직이자 천둥이 치는 것처럼 굉음이 울려 퍼졌다.

비록 찰나에 준비한 일격이긴 하나 그 위력은 감히 얕볼 만한 수준이 아니었다.

키킹잉.

받을 수 있는 공격이 아니다.

천안이 맹렬한 경고를 보내 왔으나 정작 정훈은 태평하기만 했다.

"절대 방어."

왼손에든 둥근 방패, 성혼의 권능을 발동했다.

굉음을 동반한 풍백의 주먹이 방패와 맞닿았고, 아무 일도 일어나지 않았다.

"이익!"

전력이 담긴 일격이 막힌 것에 대해 풍백은 경악할 수밖에 없었다.

뭔가 대단한 행동을 한 것도 아닌, 고작해야 평범하기 그지없는 방패를 들어 막아 낸 것이다.

그뿐만 아니라 주위 모두가 경악했다.

하지만 정훈의 입장에선 당연한 일에 불과했다.

절대방어의 권능은 그 어떤 강력한 위력을 지닌 공격이라도 무로 돌리는 절대의 권능이었기 때문이다.

"별것도 아니군."

안하무인의 태도를 유지한다.

입으로 떠드는 건 그의 성향과 맞지 않은 일이나 상대에게 자신의 힘을, 강렬한 인상을 심어 주기 위해선 어쩔 수 없이 해야만 하는 일이었다.

그렇게 하지 않는다면 이방인인 그가 설 자리는 없다.

어떻게든 이번 자리에서 확실한 인상을 심어 줘야만 원하는 흐름을 잡을 수 있는 것이다

"아직 끝나지 않았다!"

모두가 보는 앞이다.

치우를 제외한 가장 높은 자리에 있는 그가 물러난다면 꼴이 우습게 될 게 빤하지 않은가.

쿠콰콰콰.

정훈을 중심으로 일어난 소용돌이가 주변의 대기를 사납게 찢어발겼다.

풍백이 지닌 비전 중 하나인 광풍이 펼쳐진 것이다.

본래는 넓은 범위에 있는 모든 적을 조각으로 나뉘어 버리는 대범위 권능이지만, 이번에는 특별히 범위를 한정해 그 위력을 더했다.

수만의 병력을 죽일 수 있는 그의 최후 비기를 오직 한 사람을 위해 사용했다.

그 위력은 감히 예측조차 할 수 없는 것이었다.

"소용없는 짓이라고 했을 텐데."

공간마저 찢어발기는 그 위력 앞에서 정훈은 그저 여유롭기만 했다.

그 모습은 마치 기분 좋은 산들 바람을 마주하고 있는 것과 같았다.

"허어!"

헛바람을 삼키는 소리와 함께 광풍이 소멸했다.

정훈이 벌인 일이 아니었다.

아무런 저항의 움직임 없이 비기를 받아 내는 그 모습에 거두어들일 수밖에 없었다.

'괴물.'

그것은 풍백만의 생각이 아니었다.

갑작스레 벌어진 둘의 전투를 지켜본 모두가 똑같은 생각을 가져야만 했다.

무심함으로 일관하던 치우의 눈동자조차 호기심으로 번뜩이고 있을 정도였다.

'후, 먹혀들었군.'

모두를 경악 속에 빠뜨린 정훈은 짐짓 태연한 척했지만, 속으로는 긴장하고 있었다.

이 모든 건 한 편의 연극이었다.

압도적인 무력을 보여 주기 위해 잘 짜여진 무대였던 것이다.

풍백이 만들어낸 광풍을 받아 낼 수 있었던 건 천랑왕 세트의 권능인 예비 목숨을 소모한 결과였다.

그는 조금 전 죽음에 이르는 치명타를 입었다.

하지만 천랑인 세트의 권능이 발동해 죽음을 대신해서 막아 줬고, 태연한 척 연기를 할 수 있었다.

굳이 허세를 부리며 맞섰던 건 지금의 이 광경을 위한 것이었다.

모두가, 감정의 동요조차 보이지 않던 치우마저도 흥미로운 시선으로 이곳을 응시하고 있지 않은가.

강렬한 첫인상, 관심을 끌겠다는 목표를 달성하는 순간이었다.

짝짝짝.

일정한 주기의 박수가 세 번 울려 퍼졌다.

그리고 그 소리의 근원지에는 나무 의자에서 일어난 치우가 있었다.

"풍백을 허수아비로 만들 정도의 능력자라. 정말 출중한 능력을 지니고 있구나."

팟!

꺼지듯 사라진 치우는 정훈의 앞에 서 있었다.

"하지만 그러니 더 의문이 가는구나. 너는 도대체 어디서 나타난 자이더냐."

치우의 의문은 당연한 것이었다.

고 나라에 숨은 인재들이 많다고 하지만, 이 정도로 출중한 자가 알려지지 않았다는 건 이상할 수밖에 없다.

"난세에는 영웅이 나타나는 법이지."

본인을 영웅이라 추켜세우는 그 말에 그 누구도 반박하지 못했다.

풍백을 물리친 자가 아닌가.

그를 영웅으로 부정한다면 풍백은 물론 치우와 이곳의 모두를 바보로 만드는 것이나 다름없는 일이었다.

"영웅이라. 하지만 그런 운명 따위로 널 증명할 순 없는 일."

잠시 뜸을 들인 그가 말을 이어 갔다.

"귀군에 합류하고 싶다는 말은 들었다. 하나 나는 신뢰하지 않은 자를 수하로 두고 싶은 생각이 없으니. 네가 간자가 아니라는 것을 내게 증명해 보일 수 있겠느냐?"

불꽃과 같은 강렬한 시선이 정훈에게 닿았다.

보통의 입문자라면 감히 그 시선을 마주 볼 수 없겠지만, 정훈은 달랐다.

정면으로 그 시선을 마주한 그의 입술이 열렸다.

"물론."

"하하하하! 좋아. 아주 마음에 드는구나."

간결한 그의 대답에 한바탕 웃음꽃을 피운 치우는 언제 웃었냐는 듯 굳어진 얼굴을 해 보였다.

"여기서 정동쪽으로 가면 우리 군을 가장 위협적으로 압박하는 기린麒麟 장군이 있다. 그의 숨결은 죽은 자들의 힘을 약화시키고, 콧바람은 산 자들에게 기운을 주고, 강렬한 그 안광은 모든 것을 꿰뚫어 본다. 만약 그가 없다면 이번 전쟁은 우리에게 유리하게 돌아가게 될 터. 그대가 정말 황제의 간자가 아니라면 기린 장군을 죽여 내게 자신을 증명해 보이라.”

황제가 심어 놓은 가장 강력한 우군 중 하나인 기린.

동쪽 황산을 지키고 있는 그를 처치한다면 전황은 치우에게 유리하게 흐를 게 틀림없었다.

모두가 다 알고 있는 사실이다.

그럼에도 그렇게 하지 못한 건 기린의 능력이 워낙 출중하기 때문이었다.

신묘한 힘을 지닌 그를 잡으러 갔다가 번번이 병력만 소모한 채 돌아오기가 일쑤였고, 심지어 치우와 풍백, 우사가 출동해서도 그의 종적을 잡지 못했다.

이미 풍백을 통해 그 능력을 입증한 바 있는 정훈을 이용해 그 기린을 처치하려는 속셈이었다.

속셈은 빤하다. 하지만 그것이야말로 정훈이 원하는 바였다.

“그것을 증명해 보인다면 내게 무얼 해 줄 수 있지?”

주는 게 있으면 당연히 돌아오는 것도 있어야 하는 게 이치 아니겠는가.

대담하게도 지금 정훈은 치우에게 거래를 제안하고 있었다.

“물론 보상이 없을 순 없겠지. 만약 네가 기린의 목을 가져온다면 너에게 이것을 주겠다.”

치우가 꺼낸 건 낡은 동검銅劍이었다.

얼핏 봐서는 아무런 가치도 없어 보이는 골동품으로 보이나 그것을 확인한 정훈의 눈을 그 어느 때보다 반짝이고 있었다.

'치우가 가지고 있었구나!'

실상 처치하는 게 불가능한 존재인 기린을 처치해야만 얻을 수 있는 보상이었다.

당연히 평범한 동검은 아니었다.

평범하기는커녕 단언컨대 현재 존재하는 태초급 무구 중가장 뛰어난 가치를 지닌 것.

오르비스의 지식에서도 외형에 대해 언급만 되어 있을 뿐, 그 능력이나 얻을 수 있는 경로에 대해선 알 수 없었던 미지의 보물이었다.

'천부인天符印!'

보통의 무구처럼 착용하는 게 아닌, 보관함에 지니고 있는 것만으로도 능력을 발휘하는 대단한 보물이 마침내 눈앞에 모습을 드러냈다.

"이 치화신治化神의 검을 너에게 선물해 주겠노라."

천부인.

태초에 존재하던 위대한 존재가 자신의 가르침을 전하기위해 지상으로 내려 보낸 후손에게 들려준 신기 3개를 일컫는다.

첫 번째는 우매한 이들을 깨우치게 하는 치화신의 검.

두 번째는 거짓을 물러나게 하고 진실만을 비추는 조화신造化神의 거울.

마지막 세 번째는 마魔의 길에 빠진 이들을 구제하는 교화신敎化神의 방울이다.

이 3개 신기는 천부인이라 불리는 태고급의 부적.

천부인은 다른 무구들과는 달리 착용하는 형태가 아닌 보관함에 가지고 있는 것만으로도 효과가 발휘되는 특수한 아이템이었다.

착용하지 않아도 효과가 적용된다는 건 정말 어마어마한 혜택이다.

다른 이들이 제한된 11개의 무구를 사용할 때 더 많은 무구의 힘을 발휘할 수 있다는 뜻이기 때문이다.

처음 오르비스의 지식에서 이러한 아이템의 정보를 파악한 후 소재지를 찾아보려 했으나 실패하고 말았는데, 이렇듯 뜻하지 않게 마주하게 되었다.

'허세를 부린 효과가 있구나.'

본래 치우에게 어떤 임무를 부여받는지에 따라 그 보상도 달라진다.

풍백을 압도하는 지금의 모습을 연출하지 않았다면 보상도 달라졌을 터.

과연 그답지 않게 허세를 부린 결과는 대성공이었다.

"빠르게 처리하고 돌아오지."

천부인이 보상인데 망설일 이유가 없었다.

정훈은 치우의 혹여 마음이 바뀔세라 등을 진 채로 동쪽을 향해 내달렸다.

황산. 말 그대로 황금으로 둘러싸인 신비한 산을 말한다.

헌원이 황제에 즉위한 직후 가장 먼저 한 일이 황산에 머물고 있는 기린 장군을 찾아가는 것이었다.

황제씩이나 되는 사람이 무엇 때문에 그를 찾은 것일까.

그것은 기린 장군이라는 인물이 사실 황제의 권위를 넘어설 정도로 대단한 능력을 지니고 있었기 때문이다.

불멸의 삶을 살아온 그는 헌원을 비롯한 세 명의 황제가 즉위하는 동안 고 나라를 지켜온 수호신이었다.

그의 존재로 인해 왕권은 바로 잡혔고, 불만이 있어도 감히 그것을 내보이려 하는 자는 없었다.

치우가 나타나기 전까지만 해도 말이다.

황제조차도 뜻대로 부릴 수 없는 기린 장군의 거처는 황산의 봉우리 끝, 번쩍이는 주위완 전혀 어울리지 않는 통나무집이었다.

직접 손으로 제작한 것처럼 조잡해 보이는 통나무집으로

한 줄기 선이 그어졌다.

아니, 사실 그것은 선이 아니었다.

엄청난 속도로 움직이고 있는 정훈이었다.

귀군의 주둔지와는 상당히 거리가 먼 곳이었지만, 이동하는 데까지는 불과 1시간밖에 소요되지 않았다.

그것도 공간 이동을 이용하지 않은 순수한 움직임이었다.

의지를 품은 순간, 정훈은 공간을 넘어 먼 거리를 단숨에 도약했다.

현재 정훈의 경지는 일반적인 상식으로는 설명할 수 없는, 아득히 먼 곳에 닿아 있었다.

목표로 한 곳에 도착한 것을 깨달은 그의 고개가 빠르게 돌아갔다.

번쩍이는 황금의 산 끝에 위치한 통나무집은 매우 이질적으로 보였고, 그것이 긴장감을 불러 일으켰다.

"이 외딴 곳에 어인 일이시오?"

통나무집 안에서부터 들려오는 걸걸한 음성. 그것이 누구의 것인지는 굳이 확인할 필요가 없으리라.

"치우의 염원을 이뤄 주기 위해 왔다."

"……."

뜻밖의 대답이었는지 잠깐의 정적이 흘렀다.

"허허, 어제 흉성이 붉게 빛나더니 이것을 뜻하는 것이었나 보구나. 하면 그대는 나를 죽이러 온 것일 테지?"

굳이 대답하지 않았다.

처음 내뱉은 말만으로 모든 것을 설명할 수 있었으니 말이다.

"비록 불길한 객이라고 하나 오랜만에 찾아온 손님을 그냥 보낼 순 없지."

그의 말이 끝남과 동시에 끼이익 소리를 내며 집 문이 열렸다.

"들어오시게. 차나 한 잔 마시지."

얼마나 실력에 자신이 있으면 목숨을 취하러 왔다는 사람을 대하는 태도가 여유롭기 그지없다.

만약 평범한 이였다면 여기서 당황했을 테지만, 정훈 또한 그리 평범한 범주에 들어가는 인물이 아니었다.

감정이 드러나지 않는 특유의 무표정한 얼굴로 서서히 걸음을 옮긴다.

문을 열고 들어가자 집안의 정경이 드러났다.

하나같이 손으로 만든 것인 듯 조잡한 나무 가구와 아늑한 난로가 피어오르고 있는 소박한 곳.

끼익끼익.

흔들의자가 앞뒤로 움직이며 일정한 소리를 내었다. 그 의자에 깊숙이 몸을 파묻고 있는 건 낡디 낡은 천 옷을 입고 있는 노인이었다.

사실 옷이라기 보단 넝마 조각이라 표현할 수 있을 정도로 곳곳이 헤져 있었다.

하지만 전혀 남루해 보이지 않는다.

노인에게선 이 세상의 것이 아닌 어떤 초탈한 기운이 느껴졌다.

그리고 그것은 정훈에겐 매우 위협적으로 다가왔다.

"뭘 그렇게 멀뚱히 보고 있는 겐가. 날 만나러 왔다면 얼굴은 알고 있을 터. 이리 와서 차나 같이 하세나."

성인 두 명 정도가 겨우 앉을 수 있는 원형의 나무 식탁 위엔 다 하얀 김이 피어오르는 잔이 놓여 있었다.

제안에 사양하지 않는다.

빈자리에 앉은 그가 홀짝 대며 내용물을 마시기 시작했다.

"재밌는 친구로군. 내 일찍이 수많은 암살자들은 만나 보았지만, 그대처럼 용감한 건지, 무식한 건지 속내를 알 수 없는 사람은 처음일세."

영원불멸의 삶을 살아온 기린이다.

그가 살아온 세월은 전쟁의 역사라고 해도 과언이 아닐 정도로 치열했고, 황제의 위를 노리는 많은 권력자들은 기린을 제거하고자 수없이 많은 암살자들을 보내곤 했다.

하지만 모두가 실패했다.

기린의 손에 죽은 암살자로 줄을 세운다면 바다를 이룰 수도 있을 것이다.

그만큼 다양한 유형의 암살자들이 있었지만, 지금 눈앞에 있는 정훈처럼 담대한 이는 결단코 만난 본 적이 없었다.

대화를 하자는 제안에 두 말 없이 집 안으로 들어온 것은 물론 혹여 무슨 짓을 했을지 모를 찻잔을 망설임 없이 들이킨다.

사실 이것은 암살자들을 대하는 그의 마지막 의식이었다.

세상을 이롭게 해야 할 수호신의 위치에 있는 그가 손에 피를 물들이기 전 마지막 향하는 의식.

하지만 그를 제외한 누구도 그러한 사실을 알지 못한다.

만약 함정을 팠다면 두 번의 목숨을 앗아 갔을 것이다.

도대체 무엇을 믿고 있기에 이토록 담대할 수 있는지 기린은 그것이 못내 궁금했다.

"당신과 같은 이유겠지."

언제나 정훈의 대답은 간결했다.

암살자와 대화를 시도하려는 기린이나 그것을 망설이지 않고 받아들이는 정훈, 둘의 공통점이라 한다면 본인의 실력에 자신이 넘친다는 것이다.

"허허, 그 치밀한 치우가 왜 그대를 홀로 보냈는지 이해가 되지 않았거늘, 이제는 알 수 있겠구나."

구구궁.

장내의 공기가 무겁게 가라앉았다.

그것은 단지 느껴지는 중압감이 아니라 실제로 대기가 무거워진 것처럼 정훈을 내리 누르고 있었다.

"소문은 들었으리라 생각되네만 내 장기는 공간을 지배하는 것이라네."

기린은 여러 가지 권능을 지니고 있지만, 그 중에서도 장기라 할 수 있는 건 공간을 지배하는 것이었다.

펴고 있던 손을 가볍게 말아쥐자 정훈의 주변 공간이 찌그러졌다.

으직.

공간이 압축되며 찌그러진다.

속박과 동시에 반드시 죽을 수밖에 없는 강력한 일격이 펼쳐졌다.

하지만 이미 정훈은 그곳에서 몸을 피한 뒤였다.

천안이 보내 오는 경고를 읽은 그는 공간의 구속이 몸을 옭아매기 직전에 몸을 움직였다.

만약 조금만 몸을 빼는 게 늦었다면 그의 육신은 저기 찌그러진 공간처럼 흔적조차 남기지 못했을 것이다.

"발검拔劍."

검집에서 모습을 드러낸 용광검이 공간을 베었다.

아틀라스에 틀어박혀 창안한 그의 새로운 스킬인 발도는 검집에서 뽑혀져 나오는 순간 폭발적인 위력을 낸다.

비록 조무래기긴 하지만 귀군을 일거에 쓸어 버릴 정도의 위력을 이미 선보인 바 있는 강력한 스킬이었다.

"흡!"

하지만 지금 그는 당황스러운 순간에 봉착했다.

잠시 몸이 기우는가 싶더니 어느새 기린과의 위치가 뒤바뀐 것이다.

서로의 공간을 바꾸는 절대적인 기린의 방어 스킬, 반전이 발휘된 것이다.

어떠한 사전 동작도 없이 펼쳐지는 이 스킬을 예측한다는 건 불가능한 일이었다.

신속하게 성혼을 들어 마력을 주입했다.

웅웅.

빛의 기운이 주변으로 퍼지더니 거대한 방패 형태를 만들어 냈다.

발검에 의해 생성된 검기는 성혼의 방어막과 부딪히며 흔적도 없이 소멸했다.

키잉.

천안의 경고음이 그 어느 때보다 맹렬하게 울렸다.

등이 따가운 이 감각을 느낀 정훈은 뒤도 돌아보지 않은 채 앞으로 몸을 날렸다.

서걱.

살을 가르는 소리와 함께 등을 훑고 지나가는 열기를 느낄 수 있었다.

"크흑!"

신음이 절로 나올 수밖에 없는 고통에 이를 앙 다물었다.

뼈가 드러날 정도로 깊게 패인 상처에서 폭포수처럼 선혈이 쏟아져 나온다.

당장 죽어도 이상하지 않을 치명적인 상처였다.

"결국 네 녀석도 알량한 실력만을 믿고 덤비는 애송이였구나."

오랜 세월 동안 호적수를 기다려 왔다.

혹시 이번에는 제대로 된 적수와 싸울 수 있지 않을까, 기대를 했건만 예상은 빗나가지 않았다.

지금까지의 암살자들보다 조금 뛰어난 정도. 하나 그 정도라고 해 봐야 그저 하찮은 실력일 뿐이었다.

'강하다.'

짧은 공방전의 감상은 강하다는 것이었다.

지금껏 수많은 강자들을 상대해 왔고, 어떤 때는 쉽게, 또 어떤 때는 목숨을 걸어서 겨우 쓰러뜨린 적도 있었다.

하지만 기린은 지금까지 상대해 온 그 어떤 적보다 강력한, 아니, 차원을 달리하는 적이었다.

공간을 자유자재로 부릴 수 있는 능력이라니.

그야말로 무궁무진한 방식의 공격 루트를 생성할 수 있는 사기적인 능력이었다.

하지만 사기적인 부분에서라면 정훈 또한 지지 않는다.

"소생의 기적."

오색의 광채가 감싼 순간 심각한 상처가 말끔히 아물었다.

단숨에 목숨이 끊어지지 않는 이상 그가 지닌 생명의 불꽃은 절대 꺼지지 않는다.

"신묘한 힘이로다!"

회복의 술법을 지닌 기린도 놀랄 수밖에 없는 놀라운 권능이었다.

"네 녀석에게 들을 말은 아니지만."

공간을 지배하는 능력을 지닌 기린이 할 소리는 아니었다.

불만을 보인 정훈은 곧장 보관함을 열어 아이템을 하나 꺼냈다.

지팡이다. 아니, 길이를 봤을 때 그건 지팡이라기보다는 마법봉이라 부르는 게 맞을 것이다.

수정에서 발산되는 푸른빛이 장내를 밝히고 있는 그것은 정적의 봉이라 불리는 태초급의 소비 아이템이었다.

소비 아이템이라고 해서 무구에 비해 그 가치가 떨어지지 않는다.

길가메시를 물리쳤던 물약을 보면 알 수 있듯 1회성이라는 것을 제외하면 오히려 무구보다 더욱 강력한 위력을 발휘할 때도 많다

정훈이 지금 꺼낸 정적의 봉이 바로 그러한 종류에 속했다.

아틀라스의 엄청난 보물을 지니고 있던 그도 고작 하나밖에 제작하지 못한, 그것도 우연으로 인해 태어난 비장의 무기.

사실 이것은 감당하기 힘든 적을 만났을 때를 대비해 준비

한 것이었지만, 지금 눈앞에 가장 강력한 적이 등장했으니
사용하지 않을 이유가 없었다.

"침묵하라."

마법봉에서 발산된 빛이 세상을 집어삼켰다.

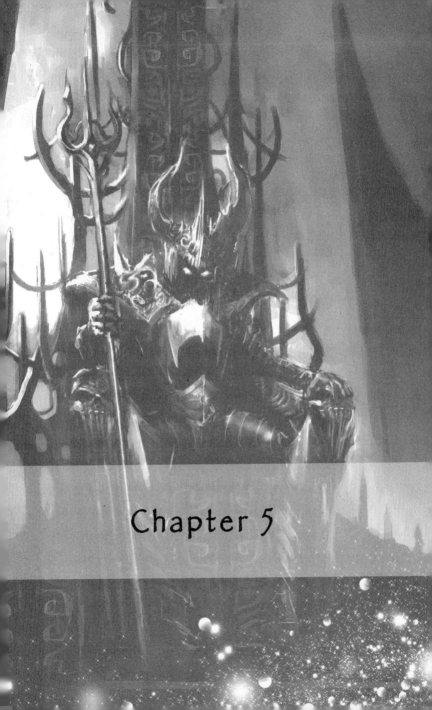

Chapter 5

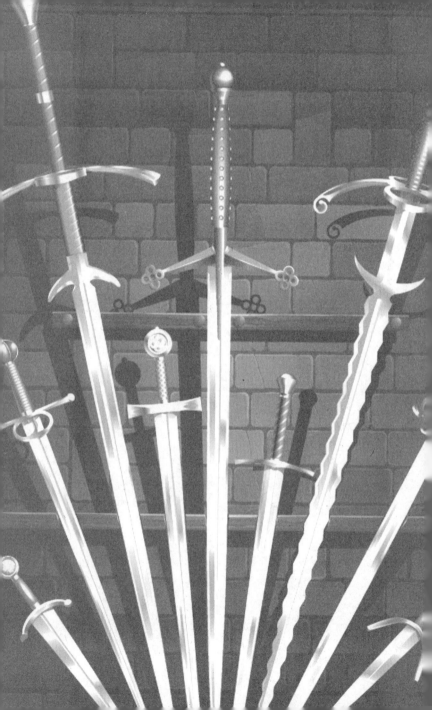

"이, 이게 뭐 하는 짓이냐?"

탄생한 이래로 이토록 놀란 적이 있을까.

그 놀란 심정을 대변하듯 더듬거리는 음성으로 눈을 동그랗게 떴다.

주변의 모든 마력이 사라졌다. 아니, 소멸했다는 말이 맞을 것이다.

그것이 무엇을 뜻하는가.

지금껏 펼쳐 보였던 공간의 술을 더는 발휘할 수 없다는 것이었다.

주변의 모든 마력이 사라지다니.

이 믿을 수 없는 광경에는 영원의 삶을 살아온 그도 놀랄 수밖에 없었다.

"네가 자랑하는 것도 이제 끝이다."

대마법 봉인 아이템인 정적의 봉이 효과를 발휘한 이상 5분 동안 이곳 주변은 마력을 사용할 수 없는 상태가 된다.

"웃기지 마라. 주위의 마력이 모두 소멸한 이상 네 녀석도 다르지 않다는 것을 모르느냐!"

기린도 바보는 아니었다.

어떻게 마력을 없앴는지는 모르겠으나, 마력이 없는 곳에서는 상대 또한 모든 권능을 잃어버린 것이나 다를 바 없었다.

당황스럽긴 해도 동등한 상황인 것이다.

"물론 그렇지."

하지만 정훈의 입가에 그려진 미소는 좀처럼 사라지지 않았다.

의문일 수밖에 없는 상황.

마력이 사라진 이상 전투는 육체적으로 갈 수밖에 없다.

어차피 정훈이나 기린이나 똑같은 현신의 끝에 달한 능력을 지니고 있고, 똑같은 조건이라면 경험이 풍부한 기린이 유리할 수밖에 없는 상황이다.

정훈이 미소를 지을 이유가 하나도 없는 것이다.

"어리석은……!"

상대의 수에 걸려들었다는 게 찝찝하긴 하나 체술에는 자신 있다.

곧장 자세를 잡았다.

마력이 소멸된 것을 알게 된 이상 할 수 있는 최선의 선택은 육체를 이용한 공격뿐이었다.

기린에게서 주저함이란 찾아볼 수 없었다.

하지만 그건 정훈도 마찬가지였다.

애초에 이 모든 일은 그가 벌인 것.

기린이 생각하는 것과 달리 그는 위험한 도박에 목숨을 거는 어리석은 일을 범하는 타입이 아니었다.

모든 권능을 잃은 성혼이 사라지고, 그 자리를 대신한 건 엑스칼리번이었다.

물론 엑스칼리번이라고 해서 권능이 유지되고 있는 건 아니다.

마력이 소멸한 장소에서 권능을 지닌 모든 무구는 평범한 쇠붙이로 돌아간다.

단지 구색을 맞추기 위함이었다.

본인이 창안한 검법을 펼치기 위해서는 한 쌍의 검이 필요했기 때문이다.

핏.

어느새 뻗어 온 기린의 주먹이 뺨을 스치고 지나갔다.

예리한 그의 몸놀림이 일으킨 바람의 칼날이 오른쪽 뺨에 상흔을 남겼다.

같은 능력치라곤 생각할 수 없는 동작은 단련으로 쌓은 무의 업이 분명했다.

정통으로 맞았다간 살아남기 힘들다.

그것을 깨달았지만, 정훈은 크게 아랑곳하지 않았다.

"후우."

숨을 내뱉으며 마음의 평온을 유지한다.

최대한의 집중. 그것은 하나의 감각을 끌어내기 위한 사전 작업이었다.

의식이 희미해진다.

아니, 사실은 희미해지는 게 아니라 의식이 나뉘고 있는 것이었다.

새로이 창안한 스킬인 양의심공兩意心工을 발휘하고 있는 것이었다.

일전에 사용한 바 있던 양의의 물약에서 단서를 얻어 창안하게 된 스킬이다.

신마의 기억 속에서 이와 비슷한 유형의 공부를 찾은 그는 이를 터득하는 데 집중적으로 노력했고, 마침내 스킬화하는 데 성공할 수 있었다.

마력과는 전혀 상관없는 정신의 영역에 걸친 스킬이었기 때문에 정적의 봉에 영향을 받지 않았다.

2개로 나뉜 정신은 제각기 오른팔과 왼팔을 조종했고, 이는 놀라운 결과를 불러일으켰다.

스걱.

"큭!"

어지러운 궤적을 그린 검이 기린의 왼팔을 스치고 지나 갔다.

베고 지나간 자리에서 흘러내리는 건 새하얀 피였다.

비록 외형은 영락없는 인간의 모습이나 그것은 변장에 지나지 않았다.

"이놈!"

탄생한 이례로 처음으로 몸에 새겨진 상처였다.

왼팔에서 피어나는 고통보다 그를 더 분노케 하는 건 고작 인간 따위에게 공격을 허용했다는 수치심이었다.

파파팟.

손과 발의 그림자가 천지사방을 덮었다.

그 하나하나에 깃든 파괴력은 모두의 상상을 뛰어넘는 정도였으나 정훈은 이에 압도되지 않았다.

스스슥.

무한한 수로 불어난 궤적이 기린이 일으킨 손과 발의 그림 자를 지우기 시작했다.

오른팔과 왼팔을 조종하는 의식이 서로 달랐기에 그 움직임은 신속했고, 또한 정교했다.

그의 검은 단 한 치의 오차도 없이 다가오는 모든 그림자를 쳐 냈다.

스팟!

어느새 허리에 파고든 검이 옷자락을 베고 지나갔다.

조금만 반응이 늦었더라면 조금 전과 같이 상처를 입고 말았으리라.

'예사롭지 않구나!'

그제야 기린은 마력을 소멸시킨 목적을 알 수 있었다.

그로서도 예측할 수 없는 신묘한 검술이다.

오른쪽으로 오는가 싶더니 어느새 왼쪽으로 들이닥치고, 왼쪽인가 싶더니 위를 노렸다.

쌍검을 다루는 자를 꽤 많이 상대해 왔다 자부할 수 있으나 이토록 능숙하게 다루는 자는 처음이었다.

아니, 이건 마치 두 명에게 협공을 당하는 것과 같은 느낌이었다.

"이것도 받아 보거라!"

한껏 힘을 모은 기린이 힘껏 주먹을 내질렀다.

거산巨山. 흡사 산이 움직이듯 묵직한 그의 거대한 주먹의 환영이 정훈에게 쇄도했다.

같은 현신의 능력이라곤 믿기지 않는 파괴력이 깃들어 있다.

선천적인 능력의 차이가 있음을 깨달은 기린이 정훈이 받아 낼 수 없는 공격을 시도한 것이다.

도망갈 만한 틈이 보이지 않는다.

정훈이 해야 할 일은 기린이 만들어 낸 저 거대한 주먹을 깨부수는 것뿐이었다.

"하아압!"

전력을 다하기 위한 기합성이 뒤따랐다.

콰앙!

잔뜩 힘이 실린 용광검과 주먹이 부딪쳤다.

하지만 선천적인 능력의 차이로 인해 그것을 상쇄하는 건 불가능한 일이었다.

충격을 이기지 못한 오른팔이 튕겨져 나갔다.

그러나 그에겐 아직 왼손이 남아 있었다.

콰앙!

본래는 불가능한 일이나 양의심공으로 인해 나뉜 의식은 두 팔에 다른 힘을 담은 채 기린의 맹공을 부수어 버렸다.

"어찌 이런……!"

그 광경을 확인한 기린은 놀람을 감추지 못했다.

저런 방식의 반격은 그로서도 생전처음 본 것이었기 때문이다.

하지만 언제까지 놀라고 있을 수만은 없었다.

어느새 쇄도한 정훈이 검이 춤을 추고 있었다.

스윽.

한 번 기세의 흐름이 바뀐 이후였기에 급급히 방어만을 할 수밖에 없었다.

"이익!"

노호성을 터뜨린 기린은 급격히 흔들리는 모습을 보였다.

궁지에 몰리는 일.

그것은 태어날 때부터 강력한 힘을 지니고 있었던 기린에게는 익숙하지 않은 일이었다.

아무리 영원의 삶을 살아온 그라도 겪어 보지 못한 일에는 정신이 흔들릴 수밖에 없었다.

지나친 흥분은 전투에 독으로 작용한다.

처음과 달리 냉철함을 지니지 못한 기린의 동작에는 큰 힘이 들어가기 시작했다.

물론 이렇게 되면 위력은 강해졌을지 모르나 동작이 커져 빈틈이 많아지게 된다.

정훈은 자신에게 주어진 기회를 놓칠 정도로 멍청한 위인이 아니었다.

쉬익.

처음과 달리 시야에 들어오는 적의 공격을 간발의 차로 흘려보냈다.

얼굴을 스치고 지나가는 주먹에 정훈은 시선조차 주지 않았다.

그 간결한 동작으로 파고든 적의 빈틈을 향해 망설임 없이 검을 찔러 넣었다.

푹!

정훈의 검은 정확히 기린의 왼쪽 가슴, 심장을 관통한 채였다.

"크흐흐."

익숙하지 않은 고통에 신음이 새어 나왔다.

보통의 인간이었다면 심장이 찔리는 것으로 죽었어야 할 것이다.

하지만 기린은 인간이 아니다.

그것을 알고 있었던 정훈은 확실한 결정타를 날리기 위해 목을 베었다.

슥.

아니, 베려고 했었다.

그러나 정훈의 검은 애꿎은 허공만을 갈랐다.

'어디?'

조금 전까지만 해도 눈앞에 있던 기린의 모습이 보이지 않았다.

마력이 소멸된 상태.

게다가 심장을 꿰뚫리는 치명상을 입은 상황에서 보일 만한 움직임이 아니었다.

─고맙다, 어리석은 피조물이여. 네 어리석은 행동으로 인해 드디어 봉인에서 풀려날 수 있게 되었구나.

마치 귓가에 대고 속삭이는 듯한 음성이 들려왔다.

단지 음성뿐이었으나 그것에 깃든 절대적인 힘을 깨달은

정훈은 긴장할 수밖에 없었다.

파창!

그렇게 예측할 수 없었던 상황이 발생하기 시작했다.

유리가 깨어지듯 공간이 산산이 부서졌다.

그것은 정적의 봉으로 발생한 결계가 깨어지는 소리였다.

"무슨……!"

갑작스러운 변화에 경악할 수밖에 없었다.

정적의 봉이 지닌 결계는 그 어떤 힘으로도 깨부술 수 없다.

결계가 쳐진 순간 모든 마력적인 힘이 봉인되는 탓에 다른 외부의 도움이 있지 않은 이상은 유지될 수밖에 없는 것이다.

다른 조력자가 있는 것일까.

그 원인을 찾기 위해 정훈의 고개가 사방으로 돌아갔다. 하지만 그 어디에서도 원인은커녕 기린의 흔적 또한 찾을 수 없었다.

그렇게 잠시 후…….

쿠르릉!

맑은 하늘에 잔뜩 낀 먹구름이 천둥소리를 냈다.

소리의 근원지를 향해 고개가 돌아가는 순간, 그는 볼 수 있었다.

파지직.

먹구름 사이로 생성된 새하얀 번개가 그의 발치에 떨어졌다.

그리고 그는 볼 수 있었다. 백광의 번개와 함께 나타난 거대한 존재를 말이다.

-드디어 본체로 돌아왔도디!

오랜 찬란한 비늘이 영롱하게 빛을 발했다.

사슴과 비슷한 몸통에 소의 꼬리, 말의 발굽과 갈기, 그리고 머리는 전설상의 용을 닮았다.

큼지막한 외뿔에서는 쉴 새 없이 번개가 파지직 거리고, 입에서 뱉어내는 숨결에선 녹색의 불꽃이 혀처럼 날름대고 있었다.

'뭔가 잘못됐다.'

그 순간 정훈은 생각하지 못했던 상황에 처했음을 깨달았다.

오르비스의 지식 속엔 이러한 기린의 변화는 전혀 나와 있지 않았다.

자력으로 마력 봉인의 결계를 깬 것 하며, 느껴지는 기운도 보통은 아니었다.

인간 형태와는 비교도할 수 없는 강력한 힘이 느껴졌다.

그렇게 잠시 후 원인을 발견할 파악할 수 있었다.

-네게는 고맙다는 말을 해야겠구나. 오랫동안 날 구속하던 봉인을 풀어 줬으니 말이다.

그렇게 전하는 기린의 의지엔 기쁨이 담겨 있었다.

그럴 수밖에 없는 게 오래 동안 그를 구속하고 있던 봉인이 해제되었기 때문이다.

그것은 누구에게도 알려지지 않은 비밀이었다.

고 나라가 세워지기 이전, 사실 이 땅은 생명체가 살 수 없는 땅이었다.

묵산墨山에 서식하고 있는 살룡殺龍인 기린이 내뿜는 숨결로 인해 모든 대지와 물이 독으로 오염되어 있었기 때문이다.

하늘의 뜻을 받아 태어난 초대 황제는 이 죽음의 땅을 살려 내기 위해 100년이 넘는 시간 동안 처절한 전투를 벌여 기린을 쓰러뜨릴 수 있었다.

아니, 사실 쓰러뜨린 게 아니라 자신의 생명을 담보로 한 봉인을 펼쳤다.

초대 황제의 죽음과 맞바꾼 봉인은 매우 강력했고, 기린의 힘을 봉인한 것은 물론 오히려 그를 이 땅의 수호신으로 만들었다.

그 봉인이 풀 수 있는 건 수호신으로써의 기린이 죽음을 맞는 순간이었다.

하지만 그럴 일은 절대 일어나지 않을 것이라 장담할 수 있었다.

절대적이라 할 수 있는 공간의 술법을 지닌 기린을 제압할 수 있는 존재는 없을 것이기 때문이다.

물론 그 말은 반은 맞고 반은 틀렸다.

적어도 고 나라엔 기린을 제압할 만한 자는 없었다.

정훈이라는 입문자가 등장하지만 않았더라면 그 봉인은 영원이 유지될 수 있었을 것이다.

물론 정훈이 그 모든 상황을 짐작할 수는 없었다.

적어도 한 가지 분명한 건 기린을 구속하고 있던 봉인이라는 게 사라졌고, 무지막지한 힘을 지닌 괴물이 눈앞에 있다는 사실이었다.

의지를 움직여 보관함에 있던 무구들을 착용했다.

조금 전까지 그의 왼손에 쥐어져 있던 엑스칼리번을 대신해 성혼이 나타났다.

예측할 수 없는 상대였기에 만약을 대비한 모든 무구가 갖춰졌다.

―아직도 저항하려는 것이냐. 참으로 어리석도다. 하나 내 봉인을 풀어 주었으니 그 답례로 고통 없는 죽음을 선물해 주도록 하겠다.

그리 말한 기린이 숨을 한껏 들이마셨다.

주변의 대기가 그의 입속으로 빨려 들어갔고, 잠시 후 숨을 내뱉자 칠흑의 숨결이 뿜어져 나왔다.

콰콰콰콰.

그야말로 파괴를 위해 태어난 듯한 강력한 숨결이 파도처럼 몰아닥쳤다.

지금껏 다양하고 많은 권능을 경험한 정훈에게도 낯선, 또

다른 경지를 보여 주는 위력이었다.

그런데 어째서일까.

성혼을 든 채 방어를 하려던 정훈의 입꼬리가 슬그머니 올라가는 것이었다.

흡사 그것은 승리를 예감한 자의 것과 닮아 있었다.

곧바로 들고 있던 성혼을 내렸다.

그와 동시에 강력한 칠흑의 숨결이 정훈은 물론 그가 서 있던 황산 전체를 휩쓸어 버렸다.

충격의 여파는 없었다.

이 강력한 파괴의 숨결은 산 하나를 통째로 날려 버린 것이다.

그것도 모자라 주변의 크고 작은 봉우리들을 흔적도 없이 소멸시켰다.

─내게 대항한 자는 그 누구도 살아날 수 없으…….

의기양양하게 의지를 이어 가던 기린은 곧 그 말을 삼켜야만 했다.

산이 평지가 되었다. 하지만 그 압도적인 위력에도 여전이 살아남은 존재가 있었다.

짙은 미소를 지은 채 서 있는 정훈은 기린이 내뿜은 소멸의 숨결에도 여전히 그 자리를 벗어나지 않은 채 자리를 지켰다.

믿을 수 없는 일이었다.

소멸의 숨결이 지닌 위력은 기린 스스로가 더 잘 알고 있었다.

눈앞의 인간 따위가 저리 태연하게 받아 낼 수 있는 것이 아니었다.

-네, 네놈이 어찌……?

"미안하지만, 승부는 끝났다."

정훈은 승리를 장담했다. 상대의 속성이 암暗이라는 것을 확인했기 때문이다.

정훈이 착용한 마신갑의 세트 효과는 모든 암 속성에 면역이 되는 것이다.

원래는 4개 아이템을 모두 착용한 상태에서만 발휘되는 이 능력은 보완 스킬로 인해 마신갑 하나만 착용해도 발휘되고 있었다.

아무런 행동을 취하지 않아도 상대 공격을 완전히 방어할 수 있다는 건 곧 승리한 것이나 다름없었다.

-건방진!

하지만 기린은 미처 그 사실을 인지하지 못했다.

파지직.

외뿔에서 나온 칠흑의 갈래 번개가 정훈에게 쇄도했다.

소멸의 숨결과 함께 기린이 지닌 가장 강력한 권능 중 하나인 암전暗電이었다.

스치는 모든 것의 생명력을 빼앗아 기린의 양분이 되는 형태였으나, 이 또한 암속성의 권능.

때문에 마신갑을 착용한 정훈에게 어떠한 위해도 가할 수 없었다.

암전이 정훈에게 닿는 그 순간, 반투명한 보호막이 생성되어 그를 보호했다.

모든 암 속성으로부터 착용자를 보호해 주는 마신갑의 세트 효과가 발동한 것이다.

-그, 그게 도대체 무엇이냐?

조금 전에는 눈치채지 못했으나 지금은 똑똑히 확인할 수 있었다.

암전이 닿기 전 생성되는 그 보호막을 말이다.

"사신의 초대장."

그리 말한 정훈이 지면을 박차며 매섭게 쇄도했다.

기린의 공격이 통하지 않음을 다시 한 번 확인했다.

그렇기에 대담하게 움직일 수 있었다.

물론 상대가 어떤 비장의 수를 가지고 있는지 알 수 없으니 성혼으로 충분히 대비는 해 뒀다.

마침내 만반의 준비를 갖춘 그의 용광검이 검집에서 뽑혀 나왔다.

스릉.

맑은 소릴 낸 검신이 햇살에 모습을 드러낸 순간 예리한 검기가 기린의 몸뚱일 베었다.

카캉!

하지만 발도로 더욱 날카로워진 용광검은 기린의 비늘을 뚫지 못했다.

ㅡ네 녀석의 공격이 먹힐 줄 알았더냐.

괜히 살룡이라 불리는 게 아니었다.

모든 생명체, 심지어 같은 용마저도 한 끼 식사로 먹는 기린이 지닌 능력은 단순히 파괴력만에 있지 않다.

영롱하게 빛나는 오색빛깔의 비늘은 세상 그 무엇보다 단단한 경도를 자랑한다.

전력을 실은 정훈의 검으로도 뚫을 수 없었다.

'역린逆鱗을 노려야 하는 건가?'

정훈의 상황 판단은 빨랐다.

전력을 다한 그의 검이 먹히지 않았다는 건 이 세상 그 무엇으로도 뚫을 수 없다는 것을 뜻한다.

아무리 기린이 전설의 괴물이라지만 약점이 없는 존재가 있을 턱이 없다.

두뇌를 가동해 약점을 생각했고, 곧 역린이라는 단어를 떠올릴 수 있었다.

거꾸로 뒤집힌 비늘이라는 뜻의 역린은 용족 계열이라면 반드시 지니고 있는 약점이었다.

비록 생김새는 다르긴 하지만, 살룡이라는 이명도 그렇고 녀석 또한 역린을 지니고 있는 게 틀림없다.

'치느님!'

"삐이이!"

지금껏 불러 내지 않은 치느님을 소환했다.

요란한 소리를 낸 치느님이 창공을 선회하며 기쁨의 울음을 토해 냈다.

'약점 공략!'

정훈이 의지를 전달하자 회색 불똥이 기린의 몸 주변을 뒤엎었다.

―다. 당신은?

치느님을 본 기린이 감정의 동요를 일으켰다.

그 동요의 크기는 자신의 공격이 통하지 않았을 때보다 컸다.

'기회!'

무엇 때문에 당황했는지 모른다.

다만 한 가지 확실한 건 치느님의 등장과 함께 기린이 무방비 상태가 되었다는 점이었다.

탓!

공간을 도약했다.

순식간에 거리를 좁힌 정훈은 기린의 꼬리 쪽으로 돌아간 상태였다.

치느님이 발휘한 약점 공략은 상대를 관조하여 약점을 알아내는 유용한 권능이었다.

약점 공략이 알려 준 역린의 위치는 기린의 꼬리 끝 부분이었다.

웅웅.

정훈의 마력을 받은 용광검이 검명을 토해 냈다.

검의 떨림은 얼마나 강력한 위력이 펼쳐질지를 나타내는 것.

지금 정훈은 혼신의 힘을 다한 일격을 펼쳤다.

푸욱!

-캬악!

고통에 찬 괴성이 울려 퍼졌다.

과연 약점 공략이 가르쳐 준 곳은 역린이 확실했다.

'제길. 얕았어.'

고통에 발버둥치던 기린이 꼬리를 이용해 휘돌려치기를 시도했다.

마지막 순간, 기린이 눈치를 챈 탓에 끝장을 내지 못한 것이다.

엄청난 속도로 쇄도해 오는 꼬릴 피하기 위해 급히 뒤로 물러났다.

-안 돼. 난 여기서 소멸할 수 없어!

꼬리에서 콸콸 쏟아져 나오는 새하얀 피는 상당한 고통의 증거였다.

하지만 기린의 시선은 정훈이 아닌 오직 치느님에게 고정되어 있었다.

그리고 뜻밖에도 그 커다란 눈동자는 공포로 물든 채였다.

공포에 물든 기린은 꼬리를 잔뜩 만 채 하늘로 도주하기 시작했다.

'뭐지?'

급급히 도주하는 그 모습을 지켜보던 정훈은 황당할 수밖에 없었다.

조금 전까지 의기양양해하던 그 기린이 아닌 듯했다.

마치 그건 포식자에 쫓기는 초식동물을 보는 것 같았다.

찰나의 순간 정훈의 눈이 치느님에게 닿았다.

평소와 같은, 아니 어쩐지 뭔가를 간절히 바라는 듯한 치느님의 눈동자를 보는 순간이었다.

번뜩이며 뇌리를 스치고 지나가는 생각에 곧장 몸을 띄웠다.

"삐이이!"

치느님 또한 정훈과 행동을 같이 하는 듯 맹렬한 속도로 기린을 쫓아가기 시작했다.

'구속!'

치느님의 구속의 권능이 기린의 몸을 옭아맸다.

물론 현재 치느님이 지닌 능력으론 정말 찰나에 불과한 시간만을 구속할 수 있을 뿐이었다.

'공간 이동!'

하지만 그 찰나의 시간으로도 충분했다.

공간을 이동해 기린을 붙잡는 데 성공했다.

-카아악!

이미 이지를 잃어버린 듯 괴성을 토한 기린이 앞발을 휘저으며 공격을 시도했다.

충분히 위력적이긴 하나 빈틈투성이에 본능에 의존한 저급한 공격이었다.

허공을 걷어차 탄력을 얻은 상태로 그 공격을 회피했다.

그 한 번의 동작으로 거리를 좁힌 그의 눈앞엔 하얀 피를 게워 내고 있는 기린의 꼬리가 나타났다.

"흡!"

정훈은 이미 검집에 손을 가져간 상태에서 힘껏 발도를 펼쳤다.

베는 것이 아닌 찌르기를 위한 용도였고, 그 스피드는 가히 폭발적이라 할 만한 것이었다.

푹.

어째선지 모르지만 이지를 잃은, 평소의 냉철함을 잃은 기린은 그 일격을 허용할 수밖에 없었다.

-카약!

다시 한 번 괴성이 울려 퍼졌다.

하지만 너무 속도에 연연한 탓일까. 이번 공격도 역린을 완전히 파괴하지는 못했다.

"삐익!"

그와 동시에 치느님이 움직였다.

평소에는 적의 눈이 닿지 않는 곳에서 비행하던 치느님이 대담하게도 기린을 향해 달려들기 시작했다.

"역시!"

그 순간 정훈은 확신할 수 있었다.

두려움에 젖은 기린의 눈동자, 그리고 강렬한 염원을 담은 치느님의 시선.

그것이 뜻하는 바는 단 하나였다.

으적.

한껏 벌린 치느님의 부리가 기린의 단단한 몸을 뜯어먹기 시작했다.

역린도 아닌 최고의 단단함을 자랑하는 비늘을 아무렇지도 않게 씹어 삼키고 있었다.

—캬아아아악!

고통을 참지 못한 기린이 발버둥을 쳐 봤으나 헛된 일이었다.

모든 것을 뜯어 발겨 버리는 강력한 발톱도, 송곳니도, 재앙에 버금가는 휩쓸기도, 그 무엇도 치느님에게 위해를 가하지 못했다.

그 모습은 마치 기린의 모든 공격에 면역인 것처럼 보였다.

고통에 몸부림치던 기린의 발버둥이 잦아들었다. 아니, 할 수 없다는 게 맞을 것이다.

어느새 기린의 몸뚱이는 반도 채 남지 않은 상태였다.

-캬아으…….

구슬픈 울음을 토한 기린의 눈동자에서부터 한 줄기 눈물이 흘러내렸다.

뚝.

눈물이 지면에 떨어지는 그 시간 동안 치느님은 남은 기린의 몸뚱이를 모두 먹어치울 수 있었다.

으드득.

그리고 예상된 변화가 시작되었다.

깃털이 강철처럼 곤두서고, 피부는 부풀어 올랐다.

뼈가 뒤틀리는 요란한 소리와 함께 온몸이 기괴하게 뒤틀리기 시작했다.

두 번의 진화를 지켜봤지만, 이번에는 평소와는 조금 달랐다.

'너무 심한데?'

부풀어 오르는 정도, 그리고 뒤틀리는 각도까지, 저래도 되나 싶을 정도의 변화였다.

게다가 예전에는 극히 짧은 시간에 진화가 완료된 것에 비해 지금은 한참이 지나도록 변화가 이어지고 있었다.

그렇게 꽤 오랜 시간이 지나서야 마침내 변화가 끝이 났다.

화악.

처음 기린이 나타났을 때보다 더더욱 강렬한 오색찬란한 빛이 주위로 퍼져 나갔다.

"으음."

정훈도 감히 눈을 뜰 수 없을 정도의 강렬한 빛이었다.

하지만 그 강렬한 빛에 비해 눈이 따갑거나 하는 증상은 없었다.

오히려 오랜만에 찾은 자신의 방처럼 포근하고 따뜻한 기분이었다.

이계에 온 이후로 느껴 본 적 없는 안락함이었고, 짧게 유지되던 빛은 신기루처럼 금방 사라졌다.

감았던 눈을 떴다.

그리고 진화한 치느님을 확인한 정훈의 동공이 크게 확장되었다.

지금까지 조류의 모습으로 진화를 거듭하던 치느님이 전혀 다른 종족으로 변해 있었다.

"용?"

그것은 용, 아니, 용보다는 마치 해마를 연상시키게 하는 아주 작은 형태였다.

─드디어 나를 깨워 주셨군요. 선택받은 이시여.

"뭐, 뭣!"

하지만 바뀐 외형보다 더 놀라운 건 의지를 전달하고 있는 지금 상황이었다.

"네가 말한 거야?"

믿을 수 없었다.

특별한 능력을 지니고 있다곤 하나 고작해야 펫이라고 생각했던 존재가 의지를 전달해 오고 있었던 것이다

'펫이 의지를 전달한다고?'

아니. 머릿속에 심어진 지식 그 어디를 뒤져 봐도 이에 대한 내용은 없었다.

애초에 이건 불가능한 일이었으니 말이다.

-그리 놀랄 필요 없습니다. 당신이 지닌 지식에 저에 대한 어떠한 정보도 없을 테니 말이죠.

놀랍게도 치느님은 정훈의 생각을 읽고 있었다.

의지를 전달한 것만 해도 놀라운데, 뛰어난 지성까지 갖추고 있는 듯하지 않은가.

"도대체 네 정체가 뭐지?"

예측하지 못한 상황에 불안감에 엄습한다.

막연히 아군이라고만 생각할 수 없다.

이렇듯 자신의 의지를 지니고 있다면 언제 적으로 돌변할지도 모르는 일이니 말이다.

-선택받은 분께서 지어 주시지 않았습니까. 저는 치느님입니다.

"이름을 물어본 게 아니라는 걸 알 텐데."

-이런. 그리 말하니 슬퍼지려 하는군요. 우리가 함께해 온 시간이 얼마인데 말이죠.

"나는 내 명령에 충실히 따르는 이를 원했을 뿐이다."

─그런가요? 이거 섭섭하네요. 우리는 특별한 유대감으로 이어져 있다고 생각했는데.

"말장난은 그만하지."

─아아, 알겠습니다. 그리 불쾌감을 드러내시니 어쩔 수 없군요. 그럼 다시 한 번 소개해 드리겠습니다. 저는 치느님. 심연으로부터 도피한 분이 남긴 씨앗 중 하나입니다.

익숙한 단어를 들을 수 있었다.

"심연으로부터 도피한 자?"

명품관에서 구매한 연옥을 삼킨 후 일어난 변화 중 심연으로부터 도피한 자라는 단서를 들을 수 있었다.

분명 무언가 이유가 있을 거로 판단했던 그 말을 치느님이 꺼낸 것이다.

"네가 말한 그자가 대체 누구지? 도대체 무슨 목적으로 내게 접근한 거지?"

연이어 질문을 던졌다.

사실 아무런 단서도 얻지 못했기에 궁금증을 삼키고 있었을 뿐, 궁금한 게 너무 많았다.

─네. 이제 절 각성시켰으니 충분히 준비가 된 것 같군요. 지금부터 선택받은 분에게 사건의 전말을 말씀드리겠습니다.

그로부터 시작되는 치느님의 이야기는 정훈의 상상을 초월하는 내용을 담고 있었다.

그것은 태초의 이야기.

태초에 어둠이 존재하고 있었다.

처음에는 아무런 의지도 없었으나 영겁의 시간이 흘러 어둠은 차츰 의지라는 것을 가지기 시작했다.

외롭다.

어둠은 입버릇처럼 그 말을 달고 살며 친구의 존재를 간절히 바랐다.

또 영겁의 시간이 흐르고 그의 소원은 이루어졌다.

어둠 속에서 빛이 태어났다.

찬란하고도 밝은 그 빛은 어둠을 몰아내는 성질을 지니고 있었으나 어둠은 마냥 좋았다.

드디어 이 세계에서 친구라 부를 만한 존재가 태어난 것이기 때문이다.

어둠은 항상 빛을 따라다녔다.

하지만 빛은 그런 어둠이 점차 귀찮아지기 시작했다.

물론 처음부터 그런 건 아니었다.

이 세계에서 의지를 가진 존재라곤 달랑 둘밖에 없었기 때문에 항상 어둠과 함께 이야기 나누며 그와 정신적 교류를 즐겼다.

그러나 억겁의 세월이 흐르고, 빛은 어둠이라는 존재가 자신에게 위해가 된다는 것을 깨달았다.

그와 가까이 있으면 찬연한 빛이 점차 힘을 잃었으며, 세계는 여전이 어둠에 휩싸이고 있었다.

빛의 마음속에서 불만의 싹이 자라났다.

처음에는 그저 투덜거리는 정도였다.

하지만 영겁의 시간이 지나자 불만은 서서히 증오로 바뀌었다.

어둠만 없다면, 나의 빛을 시들게 하는 어둠만 없다면 행복해질 수 있다.

어둠은 자신을 태어나게 해 준 고마운 이였지만, 빛은 그저 훼방꾼 정도로만 여겼다.

빛의 의지를 먹고 자라난 씨앗이 마침내 싹을 틔웠다.

부정적인 감정의 집결체인 오만, 질투, 분노, 나태, 탐욕, 폭식, 색욕의 대죄들이 마침내 세상에 모습을 드러내는 순간이었다.

어둠과 빛 이외에도 다른 의지를 지닌 존재가 태어났지만, 빛은 이러한 사실을 알려 주지 않았다.

단지 기회만을 엿봤다.

본래 어둠은 이 세상 그 어떤 존재보다 강력한 힘을 지니고 있었으나 빛을 탄생시킬 때 태반의 힘을 빼앗겼고, 거기에 지속된 빛의 노출로 인해 그 힘이 많이 약화된 상태였다.

약화된 그 힘을 깨달은 빛은 자신이 낳은 일곱의 대죄들과 함께 어둠을 공격했다.

빛이 공격할 것이라곤 꿈에도 생각하지 못한 어둠이었다.

그렇기에 저항은커녕 속수무책으로 당할 수밖에 없었다.

그렇게 시작된 전쟁으로 영겁의 시간이 흘렀다.

하지만 전쟁은 처음의 양상과는 매우 달라져 있었다.

비록 약화된 상태라곤 하나 어둠의 힘은 태초의 존재답게 매우 강력했다.

빛과 일곱의 대죄들이 승기를 유지한 건 기습을 가한 초반뿐.

실상 전쟁은 어둠이 승리한 것이나 다름없는 상태였다.

빛과 일곱 대죄를 궁지로 몰아넣은 어둠이 물었다.

도대체 왜. 왜 이렇게까지 해야만 했냐고.

그의 물음에 빛은 대답했다.

당신이 있으면 내가 살 수 없다. 빛과 어둠 중 오직 하나만이 살아갈 수 있다고 말이다.

충격적인 말이었으나 어둠 또한 그 사실을 어느 정도는 인지하고 있는 상태였다.

빛이 있음으로 인해 어둠은 물러나고, 어둠이 있음으로 인해 빛은 밝기를 잃었다.

그 말이 맞다. 둘은 공존할 수 없는 존재였던 것이다.

전쟁의 승리를 눈앞에 둔 어둠은 모든 권능을 소멸시킨 채 처연하게 말했다.

'이제 이 세계의 주인은 너다. 난 이제 내가 처음 태어났던 곳, 심연으로 돌아갈 것이다. 하나, 명심해라. 네가 만약 세

계의 주인으로써의 자각을 잃어버린다면 네 앞에 나의 사자가 나타날 것이니.'

마지막 당부의 말을 전한 어둠은 한 번 들어가면 절대로 나올 수 없는 감옥, 심연으로 숨어들었다.

설마 다 이긴 전쟁을 놓아 버린 채 심연으로 숨을 줄이야.

얼떨결에 승리를 이루었지만, 모두가 희소식에 기쁨을 감추지 못했다.

전쟁을 일으킨 빛을 제외하면 말이다.

어둠에게 목숨을 구걸했다는 것은 그에게 난생처음으로 좌절감을 심어 주었다.

공포, 절망, 무력감, 증오 등 다양한 감정의 아이들이 태어났고, 그의 아이들은 제각기 다른 세상을 만들어 내어 그곳의 주인을 자처했다.

그들을 관리해야 하는 입장인 빛은 자신의 임무에 나태했다.

그의 마음을 채우고 있는 건 한 없는 절망과 좌절, 그리고 무료함이었다.

그렇게 또 영겁의 세월이 지난 어느 날.

빛은 자신의 무료함을 달래기 위한다는 목적으로 자식들이 창조한 세상의 피조물들을 모아 투기장을 열었다.

물론 표면적인 이유야 정화네 어쩌네 하는 이유였지만, 실상은 그의 무료함을 달래기 위한 단 하나의 목적에 지나지 않았다.

빛과 그의 아이들은 고통받는 피조물들의 싸움을 보며 즐거워했다.

빛과 그의 아이들이 저지른 만행은 심연 속에 갇힌 어둠의 귀에 들어가게 되었다.

심연 속에서 한 발자국도 나올 수 없는 상태에서 어떻게 그런 일이 가능했을까.

그건 심연으로 숨기 전 빛에게 남긴 씨앗 덕분이었다.

빛이 세계를 잘 이끌어 갈 수 있으리라 생각했지만, 만약을 대비하지 않을 수 없었다.

그는 은밀히 권능을 발휘해 빛의 몸속에 씨앗 여러 개를 심어 두었다.

혹 그가 관리자로서의 소임을 다하지 못할 경우 이를 제지하기 위한 방편으로 말이다.

염려는 곧 현실이 되었다.

세계는 고통받고, 죄 없는 피조물들은 정화를 위한다는 목적으로 수없이 죽어 나갔다.

더는 좌시할 수 없다고 판단한 어둠은 빛에게 심어 두었던 씨앗을 발아시켰다.

어둠의 의지를 받은 씨앗들은 위대한 계획이라는 명목으로 행해지는 공간 곳곳에 숨어 들었고 자신을 싹 틔워 줄 존재, 어둠의 선택을 받은 특별한 이를 기다렸다.

바로 어둠의 사자, 빛을 심판할 이를 말이다.

"그럼 네가 어둠이 심은 씨앗이고, 나는 어둠의 사자로 선택된 사람이라고?"

상당히 긴 이야기를 한마디로 요약하자면 그랬다.

―정확히 알고 계시는군요.

"그럼 빛이라는 자가 창조주, 아니, 플라스마란 이름을 지닌 자겠군."

―그것 역시 정확합니다. 빛, 아니 위대하신 분의 의지를 잇지 않은 채 관리자로서의 책임과 의무를 다하지 않았습니다. 세계는 나날이 황폐해져 가고 그들의 만행은 모든 생명체를 기만하는 중입니다. 이대로 세계의 시계가 굴러간다면 얼마 가지 않아 붕괴되고 말 터. 이제 그를 심판해야 할 때인 것입니다.

"그러니까 네 말은 이 게임의 최종 종착지가 단순히 최후의 승자가 되는 것도 아니고, 위대한 계획인지 뭔지를 무효화시키는 것도 아니고, 지금의 창조주, 즉 플라스마란 녀석을 처치하라는 거지?"

―정확하십니다!

"싫은데?"

―네? 시, 싫다니 그게 무슨 말입니까. 이것은 엄연히 운명…….

"운명이고 나발이고 나는 그런 건 모르겠고. 솔직히 말해 줄까? 그럴 능력이 안 돼."

사실 지금까지 정훈이 달려오고자 했던 최종 종착지는 위대한 계획을 무효화하는 것이었다.

실제로 목표가 눈앞이었다.

창조주나 다른 신들과 대적하는 게 아니라면 말이다.

"창조주와 싸워? 게다가 쓰러뜨리라고? 그게 말이 된다고 생각해?"

어처구니없는 제안이었다.

그는 태초부터 지금까지 존재해 온, 그야말로 초월적인 존재다.

한낱 피조물에 불과한 자신이 견딜 수 있을까?

정답은 정해져 있다. 예상컨대 그의 입김 하나로 우주의 먼지가 되어 사라질 터였다.

-아니요. 가능합니다.

정훈의 말에 치느님이 고개를 저어 보였다.

"어떻게? 네가 날 신과 대등한 존재라도 만들어 줄 수 있어?"

-네. 신으로 만들어 드릴 수 있습니다.

"……"

순간 할 말을 잃은 정훈은 준비했던 말을 삼켜야만 했다.

"어떻게?"

-위대하신 분의 안배가 있습니다. 지금의 창조주, 그 거만한 자를 쓰러뜨리기 위한 안배가 말입니다.

창조주를 죽이는 계획에 대해 줄곧 부정적인 견해를 보이던 정훈도 그 말에는 호기심을 보일 수밖에 없었다.

플마스마가 저지른 만행은 그로서도 용납할 수 없는 행위였다.

고작 무료함을 달랜다는 이유로 이 많은 이들을, 아니, 솔직히 말해 자신에게 이런 광대놀음을 시킨 것에 대한 보복을 하고 싶었다.

역량이 되지 않기에 그것을 계획의 무효화로 잡았지만, 만약 그를 쓰러뜨릴 방법이라는 게 있다면 충분히 할 용의가 있었다.

─먼저 그것을 이루기 위해선 위대하신 분께서 준비한 다섯 개의 안배를 모두 찾아야만 합니다.

"씨앗? 분명 조금 전에 네가 씨앗 중 하나라고 했던 것 같은데?"

─네. 과연 선택받은 분이라 그런지 예리하시군요. 저, 신룡 치느님은 위대하신 분이 심어 놓은 안배 중 하나입니다. 그리고 선택받은 이께선 두 개의 안배를 더 취하셨습니다.

물론 정훈도 짐작하고 있었던 게 있다.

"이 보완이란 스킬을 말하는 거겠지?"

─맞습니다.

"그건 알겠고. 나머지 하나는 뭐지?"

─바로 악의 부적입니다.

그제야 잊고 있었던 하나의 아이템을 떠올린다.

브리트니아의 종말을 불러오려는 팬드래건을 쓰러뜨리고
보상으로 얻을 수 있었던 의문의 아이템.
　드디어 그것에 대한 단서가 나오고 있었다.

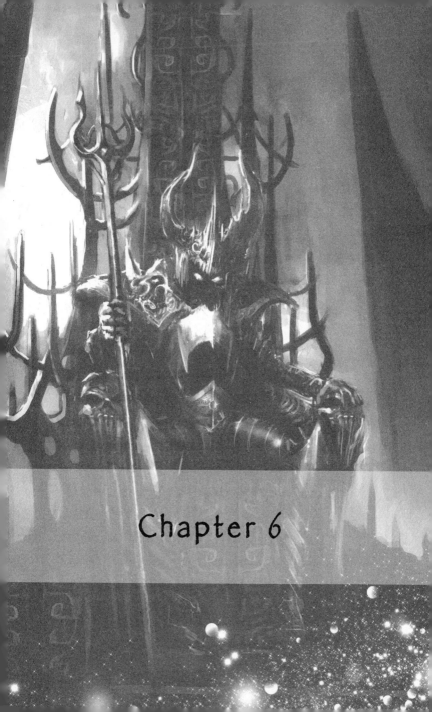

Chapter 6

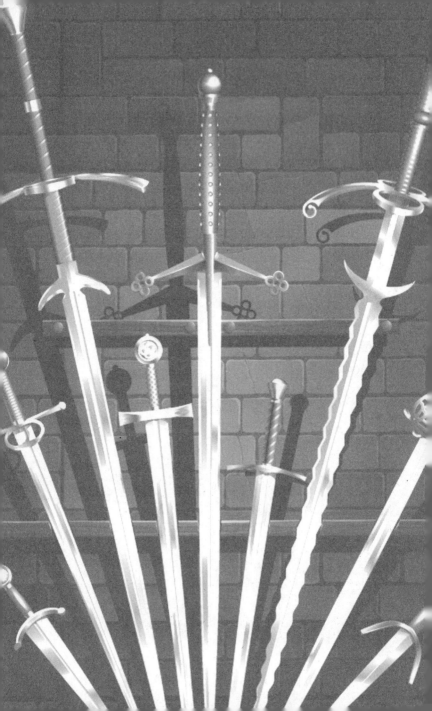

"악의 부적이라면 내가 생각하고 있는 그게 맞는 거겠지?"

–적어도 제가 알기론 이 세계에 존재하는 악의 부적은 단 하나뿐입니다.

하지만 확실하게 하고 싶었다.

보관함에서 고이 간직해 온 악의 부적을 꺼냈다.

무언가의 이빨을 엮어 만든 그 부적에선 알 수 없는 사이한 기운이 뿜어져 나오고 있었다.

–그게 바로 위대하신 분의 또 다른 안배. 하지만 그 안배는 3개의 보물을 모아야만 진정한 능력이 발휘됩니다.

이것을 전해 줬던 백의 기사가 했던 말과 동일하다. 즉, 현재 상태로는 아무런 가치가 없다는 것이었다.

"능력을 발휘하려면 총 몇 개를 모아야만 하는 거지?"

-세 개입니다.

정훈이 획득한 악의 부적과 더불어 선善의 부적, 그리고 중도中道의 부적까지.

총 3개를 모아야 그 진정한 능력을 발휘할 수 있었다.

"그 능력에 대해서 설명해 봐."

-죄송한 말입니다만 저도 그것이 지닌 능력에 대해선 잘 알지 못합니다.

"다 알고 있는 게 아니었나?"

-위대하신 분께서 저에게 맡긴 소임은 선택받은 이의 서포터. 하지만 모든 것을 꿰고 있진 않습니다. 모든 것은 선택받은 이에게 주어진 시련으로, 제가 알고 있는 거라곤 안배의 종류, 그리고 그것이 가까이 있을 때 감지할 수 있는 정도입니다.

'일을 복잡하게 벌여 놨군.'

거짓말을 하는 것 같지는 않다.

내심 불평했지만, 그렇게 정해 놓은 걸 이제 와서 바꿀 수도 없는 노릇이었다.

"신룡神龍이라 불리는 것치곤 그리 효용성이 대단한 것 같지는 않은데?"

중얼거리듯 불평을 내뱉었다.

-무슨 그런 섭섭한 말씀! 저는 존재 자체만으로도 선택받은 이에게 아주 큰 도움이 되리라 자부할 수 있습니다. 자, 어서 제 정보를 확인해

보시죠.

그러고 보니 치느님이 진화한 이후 상세 정보를 열람하지
않았다.

그 말이 끝나기 무섭게 정훈은 치느님의 상세 정보를 호출
했다.

치느님

종족 : 신물神物   **성향** : 지원
능력 : 강화(Max)
치유(Max)   제어(Max)
감지(Max)   포착(Max)
이동(Max)
공복도 : 0퍼센트
성장도 : Max

"뭐야, 이게?"

정보를 확인하던 정훈은 깜짝 놀라고 말았다.

셀 수 없이 많은 능력이 사라지고, 이를 대신해 6개의 능
력이 생성되어 있었다.

-감히 장담하건대 예전의 그 미개했던 저와는 다른 모습을 보여 줄
수 있을 거라 말할 수 있습니다.

그 자신감을 나타내는 듯 치느님에게서 뿜어져 나오는 오
색찬란한 빛이 더욱 거세졌다.

"그건 차차 증명되겠지. 그보다 너의 말대로 그 다섯 개의

안배, 아니 이제 3개가 남은 건가? 어쨌든 그 안배를 모두 찾아낸다면 창조주를 상대하는 게 가능하다는 말이지?"

―그렇습니다. 단 어느 하나라도 부족하면 그의 상대가 될 수 없습니다. 반드시 모든 준비를 갖춘 후여야만 오만한 그의 심장에 비수를 꽂을 수 있을 겁니다.

확신에 찬 치느님의 말에 그제야 어느 정도는 수긍할 수 있었다.

'본래의 창조주가 마련한 안배라······.'

창조주는 물론 그의 아이들을 상대로도 승리한 바 있는 어둠의 안배다.

허투루 준비했을 리는 없을 테니 충분히 신빙성은 있다고 판단했다.

'녀석의 계획에 초를 치는 게 아니라 아예 면상에다 주먹을 꽂아 넣는다. 생각만 해도 짜릿하군.'

무료함을 달래 주는 계획을 수포로 돌린다고 해 봐야 약간의 짜증을 유발할 뿐이다.

하지만 면상에다 직접 주먹을 내리꽂아 숨통을 끊어 버린다면 어떨까.

상상만 하는 것으로도 온몸이 짜릿한 기분이었다.

"좋아. 지금은 네 장단에 맞춰 주지."

아직 완전히 신뢰하는 건 아니다.

다만 목적이 일치하니 잠시간 협력을 하려는 것이었다.

만약 조금만 낌새가 이상하거나 혹은 실패의 기미가 보인다면 애초에 계획했던 일을 실행할 것이다.

─아직 완전히 신뢰하진 않는 눈빛이로군요. 하지만 괜찮습니다. 얼마 지나지 않아 위대하신 분의 안배에 경탄을 하게 될 테니 말입니다.

그러한 속내를 읽은 신룡은 그리 아랑곳하지 않는 모습이었다.

"그럼 서포터, 이제 어떻게 해야 하지?"

일시적인 협력 관계가 되었으니 본격적으로 움직일 차례였다.

─달리 해야 할 일은 없습니다. 선택받은 이께선 지금까지 하던 것처럼 시나리오를 완수하면 됩니다. 수상한 낌새가 감지되는 즉시 언질을 드릴 테니 그동안은 크게 신경을 쓰지 않아도 될 겁니다.

"그건 편하네."

하던 대로 하는 것만큼 편한 게 없다.

"신룡."

─네. 그리고 신룡이라 부르지 않아도 됩니다. 제게는 치느님이란 이름이 있으니 말입니다.

"음. 그래. 그쪽이 편하다면야."

닭의 외형으로 인해 좋지 않은 의미의 이름을 지어 준 것인데, 그것을 마음에 들어 하고 있는 것이었다.

그것을 알고 있는 정훈으로서는 어쩐지 조금 뜨끔할 수밖에 없었다.

-그런데 선택받은⋯⋯.

"아, 잠깐!"

다급히 치느님의 말을, 아니, 의지를 제지했다.

"자꾸 선택받은 이, 선택받은 이라고 하는데 듣기 거추장스러우니까 간단히 이름을 불러."

-그럴 수 없습니다, 선택받은 이시여. 당신은 우리의 빛이자 소금과 같은 존재. 그 존엄한 이름을 함부로 부를 수 없습니다.

'얼씨구?'

그리 기분 나쁜 말은 아니었다.

하지만 정훈은 거추장스럽게 계속 그 단어를 듣고 싶지는 않았다.

"그럼 그냥 마스터라고 불러. 그게 듣기 편하니까."

-마스터?

"뭐, 주인 정도의 의미가 담긴 단어랄까?"

-마스터라. 마스터. 음. 어감은 괜찮군요. 알겠습니다. 그럼 앞으로 마스터라고 부르겠습니다.

"그래."

호칭 정리가 끝난 직후 치느님이 다시 물었다.

-마스터, 치우의 주둔지로 이동하시는 겁니까?

"음? 그게 가능해?"

황산에서 치우의 주둔지까지의 거리는 상당히 떨어져 있다.

그렇기에 공간 이동을 펼친다 해도 거리의 제약으로 인해 여러 번 나눠 써야만 했다.

하지만 그렇게 했다간 치느님의 마력이 먼저 바닥날 수밖에 없기에 조금 전에도 그냥 달려온 것이었다.

-맡겨만 주십시오.

자신감의 원인은 진화일 것이다.

'뭐, 예전보단 거리가 늘어났겠지.'

그렇게 여긴 정훈이 의지를 전달해 능력 중 하나인 이동을 사용케 했다.

지잉.

찰나의 현기증이 찾아왔다.

주변 풍경이 어그러지며 선과 선, 면과 면이 마구잡이로 뒤섞였다.

공간을 이동할 때마다 늘 겪었던 익숙한 현상이었다.

아니, 오히려 예전과 비교하면 훌륭한 탑승감이라고 해도 될 정도로 현기증이 미약하게 느껴졌다.

이리저리 어그러지던 공간이 마침내 제자리를 잡았다.

"어?"

멀리 보이는 광경을 확인한 정훈이 놀란 신음을 토했다.

죽은 자들이 귀기가 자욱이 둘러싸인 곳.

이 익숙한 공간이 나타내는 건 단 하나였다.

'치우의 주둔지?'

놀랍게도 단 한 번의 공간 이동을 통해 그 먼 거리를 단숨에 이동한 것이었다.

놀란 정훈의 시선이 치느님에게 닿았다.

─맡겨 보라고 하지 않았습니까.

치느님이 의기양양하게 의지를 전달해 왔다.

"그 거리를 단숨에 이동했다고?"

─저를 너무 모르시는군요, 마스터. 위대하신 분이 창조한 본연의 모습을 찾은 지금 이 정도의 거리는 우스운 일입니다. 이 세계에 있는 모든 좌표가 각인되어 있으니 원하는 곳이라면 그 어디든지 이동할 수 있습니다.

과연 자랑할 만한 능력이었다.

단순히 빠른 이동만이 목적이 아니라 위급한 상황을 벗어날 수 있는 중요한 도주 수단이 될 수도 있는 것이다.

"일단 그 이야기는 나중에 하자."

앞서 해야 할 일이 있었다.

멀리서 정훈의 모습을 확인한 치우와 중요 간부들이 달려오고 있었다.

체면을 생각하지도 않은 다급한 몸놀림은 기린의 사망 소식이 이미 멀리 퍼진 것을 증명하는 것이었다.

"어서 오시게. 자넬 기다리고 있었네."

치우의 태도가 확연히 달라진 것을 느낄 수 있었다.

하지만 그것은 치우만의 변화가 아니었다.

조금 전까지만 해도 벌레 보듯 바라보던 귀군의 눈이 초롱
초롱하게 빛났다.

물론 이미 썩어 버린 눈을 지닌 이들이 대다수였지만, 그
시선에서 경외심을 읽는 건 어렵지 않은 일이었다.

이는 당연한 일이다.

치우를 비롯한 우장군과 좌장군도 해내지 못한 일을 단신
으로 해내지 않았는가.

고 나라의 그 누구도 해낼 수 없었다는, 불가능하기만 했던
임무를 완수한 정훈에게 경외심이 생기는 건 지극히 당연한
현상이었다.

바뀐 위상을 피부로 느낀 정훈은 치우와 함께 주둔지의 안
쪽으로 들어갔다.

오직 치우만을 위해 존재하던 나무 의자가 하나 더 놓여
있다. 물론 그곳의 주인은 바로 정훈이었다.

"동쪽을 지배하던 강력한 기운이 사라진 것을 느꼈네."

기린을 쓰러뜨리라는 임무를 부여했으나 사실 치우는 별
다른 기대를 하지 않고 있었다.

그럴 수밖에 없는 게 기린의 그 강력한 권능을 직접 겪어
보지 않았던가.

감히 신의 영역에 닿았다 할 수 있는 공간의 술을 사용하
는 기린을 쓰러뜨릴 존재라면 오직 하나뿐이었다.

물론 그 존재는 정훈이 아니었다.

그렇기에 일말의 기대도 하지 않았건만 결과는 예상과는 전혀 달랐다.

　조금 전 동쪽의 강력한 기운이 사라졌다.

　그것이 무엇을 의미하는지 깨닫고 있었던 그는 정훈이 오기를 손꼽아 기다리고 있었던 것이다.

　"약속은?"

　대뜸 보상을 요구해 왔다.

　조금 전이었다면 불쾌감을 드러냈을지도 모른다.

　하지만 지금 눈앞에 있는 존재는 골칫덩이였던 황제의 수호신을 쓰러뜨린 인물. 설사 언짢더라도 내색을 할 순 없는 일이었다.

　"여기 받게나."

　낡은 동검, 치화신의 검이라 불리는 절세의 보물이 치우의 손에서부터 정훈에게 넘어갔다.

치화신의 검

등급 : 태초
소지 효과 : 낮은 확률로 피격한 대상 즉사시킨다
설명 : 군주는 백성을 보살필 줄 알아야 하나, 죄악을 저지른 이를 단죄할 수도 있어야 한다. 이 검은 하늘의 뜻을 받아, 살아서는 안 될 몹쓸 죄를 저지른 이들을 처단하는 검이다

　아무리 낮은 확률이어도 피격시 즉사 발동은 정말이지 사

기라고밖에 생각할 수 없는 강력한 효과라 할 수 있었다.

게다가 그게 끝이 아니다.

치화신의 검을 집는 바로 그 순간, 오직 정훈만이 느낄 수 있는 감각이 느껴졌다.

그리고 누군가 각막에 필름을 씌운 것처럼 복잡한 문자가 나열되었다.

그것은 심연의 축복을 통해 습득한 보완 스킬이 발동했을 때 나타나는 현상이었다.

어지러이 움직이던 문자는 곧 알아볼 수 있는 형태로 줄을 맞췄다.

천부인天符印

2세트 효과 : 낮은 확률로 공격에 대한 완전 방어
3세트 효과 : 낮은 확률로 죽음에 대한 면역

"하!"

그건 천부인 세트 3개를 모을 경우 활성화되는 세트 효과였다.

절로 감탄이 나올 수밖에 없는 사기적인 능력이다.

물론 낮은 확률이라는 제한이 있긴 하지만 설사 확률이 낮으면 어떤가.

발동하는 것만으로도 단번에 전세를 역전시킬 수 있으니

말이다.

"그리고 또 하나."

치화신의 검을 건넨 치우가 자리에서 벌떡 일어났다.

"모두 들거라!"

사위가 떠나가라 울리는 쩌렁한 외침.

그것은 귀군은 물론 황제의 진영에까지 닿는 우렁찬 목소리였다.

"오늘부터 이방인 한정훈을 최고 지위인 대장군으로 임명하노라!"

본래 치우를 제외하면 가장 높은 지위는 풍백과 우사의 좌장군과 우장군이었다.

대장군은 본래 이들을 이끄는 수장인 치우의 몫이었으나, 기린을 쓰러뜨린 활약에 힘입어 그 자리를 차지하게 된 것이다.

"그리고 모두들 들어라. 동쪽의 패자霸者가 쓰러졌으니 무엇을 망설이겠는가. 저 간악한 황제와 그의 무리들을 쓸어 버리자!"

전쟁의 승패를 크게 좌우하는 기란 장군의 죽음은 아군의 전력은 물론 사기까지 북돋아 주었다.

한번 기세를 타기 시작한 것만큼 무서운 게 없다.

전략과 전술에 밝은 치우는 이 여세를 몰아 황제 진영을 쓸어 버리고자 했다.

-모든 귀군을 통솔하는 대장군의 직위에 올랐습니다.

-당신의 명성이 천하에 진동합니다.

-'언령 : 천하대장군'을 획득했습니다.

딱히 시스템적으로 임무가 하달되진 않았지만, 불가능한 임무를 완수한 대가로 언령을 획득할 수 있었다.

언령 : 천하대장군

획득 경로 : 황제 진영의 기린 제거
각인 능력 : 압도적인 위엄을 내뿜어 주위 아군에게는 용기를, 적에게는 공포를 심어 능력을 하락시킨다

아무래도 이번 시나리오의 주요 무대가 전쟁터이다 보니 전쟁에 영향을 주는 능력치가 부여되었다.

"우장군, 좌장군."

치우의 부름에 풍백과 우사가 양옆에 시립했다.

"그리고 대장군."

마지막으로 정훈에게 시선이 닿았다.

"우리는 군을 네 부대로 나눌 것이오."

치우의 전략은 간단했다.

각기 4개의 성을 동시에 공격해 이를 함락시키겠다는 것이다.

물론 그들을 이끌 장군으로는 풍백과 우사, 그리고 정훈과

치우가 담당하게 될 터였다.

"좌장군은 원한의 군을 이끌고 백화白樺를, 우장군은 증오의 군을 이끌고 매화梅花를, 그리고 대장군은 절망의 군을 이끌고 모란牡丹 성을 공격해 주시오. 나는 공포의 군을 이끌어 죽림竹林을 공격하리다."

귀군이 공략한 중요 거점은 4개로 각기 백화, 매화, 모란, 그리고 죽림 성으로 이루어져 있다.

황제가 기거하고 있는 자금성과는 멀리 떨어져 있는 외딴 거점이다.

하지만 이것을 공략하지 않는 이상 자금성에 입성하는 건 불가능한 일이었다.

각 성에 새겨진 결계가 깨져야만 초대 황제가 남겨 놓은 절대 방어의 진을 깨뜨릴 수 있기 때문이다.

"대장군은 아직 병법에 익숙하지 않을 터이니 참모와 부관의 말을 참고……."

"아니, 그럴 필요 없다. 중요한 사항은 모두 숙지하고 있으니까."

오르비스의 지식 속에는 이번 전쟁에 관한 모든 내용이 담겨져 있었다.

물론 창조주의 개입으로 인해 어느 정도는 달라질 수 있겠지만, 큰 틀은 달라지지 않을 것이다.

'그보다 모란 성이라……. 이것들이 아주 작정하고 이용해

먹으려 하는군.'

불만이 있다면 모란 성을 자신에게 맡겼다는 것이다.

북쪽에 위치한 붉은색 성.

그곳을 지키고 있는 건 헌원 황제의 딸인 발魃이었다.

황제를 비롯 그와 적대시하고 있는 치우조차도 인정하는 고 나라 최악의 괴물.

기린 장군을 쓰러뜨릴 수 있는 존재로 모두가 그녀를 꼽을 만큼 강력한 힘을 지닌 자였다.

기린에 이어 사실상 가장 공략하기 힘든 난공불락의 성을 맡긴 것이나 다름없었다.

이러한 속사정을 알고 있었지만, 딱히 다른 불만을 제기하진 않았다.

발을 처리하는 것, 그것이 황제 측에 가담한 죄인을 끌어내는 조건 중 하나였기 때문이다.

"세부적인 전술은 각자의 판단에 맡길 테니 부디 모두의 무운을 빌겠소."

"반드시 성공해 보이겠습니다."

"오늘 황제의 목이 떨어질 테니 두고 보십시오."

저마다 결의와 각오를 다진다.

물론 정훈은 그들의 유치한 신파극에 참여하지 않았다.

서로간의 끈끈한 우애를 확인하는 그들을 뒤로한 채 절망의 군이 머물고 있는 곳으로 이동했다.

"그어어."

"카학, 카학!"

그가 도착한 곳에는 육신이 부패한 좀비 계열, 오직 산 자에 대한 증오만을 지닌 해골 병사들만이 가득했다.

귀군은 크게는 8개의 부대, 그리고 4개 병력으로 나눌 수 있다.

이중 정훈이 맡게 된 절망의 군은 최약체의 전력을 지닌 곳이었다.

사실상 그리 전력에 도움이 되지 않는, 오직 머릿수를 채워 놓기 위한 보병으로 이루어진 병력이었다.

'보병도 좋게 말해 보병이지. 이건 뭐, 자살부대나 다름없지.'

다른 말로 하자면 화살받이다.

과장한 게 아니라 귀군에서 이들의 용도는 화살받이 그 이상이 아니었다.

'지금까지는 그랬었지.'

하지만 그것도 다 옛말이다.

정훈이 절망의 군을 맡게 된 이상 다른 상급 부대 못지않은 힘을 자랑하게 될 것이다.

"대장군님을 뵙습니다."

등 뒤로 접근한 이가 있었다.

그런데 낯설지 않은 음성이다.

등을 돌리자 공손한 자세로 상체를 숙이고 있는 아수라를 확인할 수 있었다.

'그러고 보니 이놈이 있었지.'

아수라는 투귀들을 이끌고 있는 부대장이다.

투귀라 하면 생전 전쟁터에서 죽은 원한을 잊지 못해 되살아 난 이들을 말한다.

그 깊은 원한만큼이나 전투력은 최상.

하지만 결정적인 단점이 있다면 수가 많지 않다는 것이었다.

아수라를 포함해 투귀에 배치된 인원은 1천이 넘지 않는다.

다시금 되살아나 전투를 치를 만큼 강렬한 증오와 원한을 품을 만한 존재가 그리 많지 않았기 때문이다.

"출진하시겠습니까?"

조금 전까지만 해도 이방인에 불과했던 그에게 더 없이 공손하다.

그럴 수밖에 없다.

아수라는 무를 숭상하는 이였고, 기린을 쓰러뜨린 정훈은 우상과 다를 바 없었다.

3개 얼굴 중 평온한 얼굴, 그리고 그 눈동자엔 경외심이 가득했다.

부담스러울 정도로 응시하는 아수라의 눈을 마주본 뒤 입을 떼었다.

"당장 출진한다."

이미 모든 것이 다 준비된 상태였다.

남은 것은 모란 성을 향한 출진뿐이었다.

"알겠습니다. 모란 성까지는 대략 열흘의 시간이 소요될 것으로 예상……."

"아니, 그렇게 오래 걸리지 않을 거야."

"네? 그게 무슨 말씀이신지?"

열흘도 최소로 잡은 시간이다.

아무리 먹고 자지 않아도 되는 죽은 자들이라 해도 물리적으로 걸리는 최소한의 시간을 계산한 것인데, 더 오래 걸리지 않는다니.

아수라로선 선뜻 이해할 수 없는 부분이었다.

'역시 병력 운용에는 무지하신 건가?'

아수라로선 그렇게 생각할 수밖에 없었다.

무력은 높으나 병법에는 밝지 못할 거라는 이야기를 흘려들었기 때문이다.

보좌가 필요할 것이라는 그 이야기가 괜한 이야기는 아닌 듯싶었다.

"음. 빠듯하게 이동한다면 최소한 9일로 단축시킬 수는 있습니다만, 그 이상은 무리입니다."

빨리 가는 것을 원하는 것 같아 최대한의 시간을 말해 주었다.

하지만 여전히 고개를 저은 정훈은 자신의 할 말을 이어 갈 뿐이었다.

"여기 있는 병력이 전부지?"

"절망의 군에 한해서라면 여기 인원이 전부입니다."

정훈이 계속 딴소리를 해 대도 아수라는 충실히 그 말에 답변을 해 주었다.

잠시 병력 규모를 파악하던 정훈은 의지를 전달해 치느님을 소환했다.

–부르셨습니까. 선택받은……이 아니고, 마스터.

오색찬란한 빛을 뿌리는 치느님의 등장에 아수라의 눈을 부릅떴다.

"이, 이 신비한 기운은?"

최종 진화를 거쳐 신룡의 모습을 찾은 치느님은 의식하지 않아도 자연스레 신비한 기운을 뿌리고 있었다.

물론 정훈이야 크게 감흥이 없었지만, 그와는 달리 처음 치느님을 접한 이들은 놀랄 수밖에 없었다.

'여기 전원도 이동 가능하지?'

아수라가 놀라는 모습에 아랑곳하지 않은 채 의지를 전달했다.

–마력이 많이 소모되긴 하겠지만, 충분히 가능합니다. 마스터.

정훈이 얼마 걸리지 않는다고 호언장담한 것은 치느님의 권능을 믿고 있었기 때문이다.

치느님이 지닌 이동의 권능은 한 명만이 아니라 동시에 많은 이들에게 적용하는 것도 가능했다.

다만 그렇게 될 경우 엄청난 마력이 소모되기는 할 것이었다.

하지만 어차피 최종 진화를 거치면서 무한한 마력을 지니고 있었기에 그리 무리하는 것도 아니었다.

'모란 성 안으로 이동하는 것도 가능해?'

-그건 불가능합니다. 마스터. 모란 성과 같은 시나리오의 중요 거점에는 강력한 방어 결계가 설치되어 있기 때문에 진입할 수가 없습니다.

'역시 그런가.'

실망하는 일은 없었다.

사실 어느 정도는 예상하고 물었던 것이기 때문이다.

만약 이러한 장치가 되어 있지 않다면 치느님의 권능은 완전히 사기라고 봐야 할 것이다.

힘든 공성전을 치루지 않고도 입성할 수 있는가 하면 숨겨진 장소 등을 너무도 쉽게 출입할 수 있으니 말이다.

'그럼 인근으로는 이동할 수 있겠지?'

-물론입니다. 모란 성 인근에, 적이 눈치채지 못할 정도의 좌표를 봐 두겠습니다.

'그래.'

"아수라 부관."

"네, 네. 분부하십시오."

치느님의 자태(?)에 깊이 빠져 있던 아수라가 급히 대답했다.

"준비해 둬."

영문 모를 말이다.

준비? 무슨 준비를 하라는 건지 알 수 없었다.

"무슨 준비를 말씀……."

그 순간 느껴지는 이질감에 말을 이을 수 없었다.

이미 죽은 몸인 아수라에게도 느껴지는 현기증과 같은 기이한 현상.

하지만 아수라는 이 뜻밖의 상황에도 굳건히 정신을 유지한 채 빠르게 주변을 살폈다.

"어, 어……?"

의식하지 못한 사이 신음이 새어 나왔다.

어느새 주변 경관이 뒤바뀌어 있었다.

분명 조금 전까지만 해도 사방이 탁 트인 탁록 들판이었건만 지금은 산중에 와 있었다.

"이곳은……?"

게다가 낯이 익은 곳이다.

문득 든 생각에 시선을 멀리 두었다.

그리고 그는 확인할 수 있었다. 절벽에 우뚝 솟아 있는 핏빛 성을 말이다.

"모란 성!"

험한 주변 지형과 단단한 성, 그리고 신의 병기 발이 머물고 있는 철옹성이 눈앞에 있었다.

"부관, 목표를 발견했으면 멍하니 보고만 있는 게 아니라 전투를 준비해야지?"

놀란 시선이 정훈에게 닿았다.

뒤늦게야 이 모든 일의 장본인이 새로 모시게 된 대장군의 짓임을 눈치챘기 때문이다.

"준비를 서두르겠습니다."

과연 오래 걸리지 않을 거라는 말은 허언이 아니었다.

10만에 이르는 병력을 단숨에 옮겨 놓다니, 이 얼마나 대단한 능력이란 말인가.

새삼 대장군의 압도적인 능력에 감탄한 그의 눈에는 진한 존경심이 묻어나왔다.

"이놈들, 어서 준비를 서둘러라. 곧 공성전에 돌입할 것이다!"

기쁜 듯 노한 아수라의 호통과 함께 절망의 군이 움직이기 시작했다.

워낙 가까운 곳에 이동을 시켜 준 덕분에 진군한 지 채 1시간이 지나기도 전 절망의 군은 모란 성 앞에 진지를 구축할 수 있었다.

물론 어마어마한 수의 군세가 이동하는 것이었으니 모란 성에서도 그들의 등장을 진즉에 알아챘다.

성벽 위에는 원거리 공격이 가능한 이들이 언제든 적의 공격에 대비해 위치를 사수했다.

동작 하나하나에 절도가 있으며 한 치의 흔들림도 없는 그 모습은, 이번 공성전이 꽤 힘들 것이라는 것을 명백히 보여 주고 있었다.

물론 병력의 수에서는 절망의 군이 압도적이다.

절망의 군이 10만에 육박하는 반면 모란 성의 전투 병력이라고 해 봐야 1만이 넘지 않았다.

하지만 그 누구도 절망의 군이 유리하다고 생각하지 않을 것이다.

수성의 이점 때문에?

물론 그것도 배제할 순 없다.

하지만 순수히 백병전을 치른다 해도 절망의 군이 패배할 수밖에 없다.

모란 성에 주둔하고 있는 1만의 병력은 하나하나가 매우 강력한 힘을 지닌 강병이었기 때문이다.

귀군 중 가장 강력한 병력인 공포의 군이 온다고 해도 힘든 승부를 절망의 군이 와 있다.

이것은 사실상 계란으로 바위를 치는 격이나 다름없는 일이었다.

"대장군, 어떻게 공성전을 치르실 생각이십니까?"

이번에는 또 어떤 놀라운 일을 보여 줄 것인가.

믿음이 한껏 담긴, 기대가 가득한 아수라의 눈길을 뒤로한 정훈이 입을 열었다.

"별거 있나. 달려가서 부수고 죽이는 거지."

"네?"

순간 자신이 잘못 들은 것인가 귀를 의심했다.

"하하하, 대장군. 농이 지나치십니다."

하지만 이내 그것이 농담임을 깨닫고는 멋쩍게 웃어 보였다.

"농? 내가 지금 농담 따먹기나 하고 있는 것으로 보이나?"

엄격하고 근엄하고 진지하다.

정훈의 성격상 이런 전장터에서 농이나 지껄일 인물이 아니었다.

"그, 그럼 그 말이 진심이십니까?"

"물론."

맙소사.

터져 나오는 탄식을 겨우 막았다.

"대장군. 그건 매우 위험한 작전입니다. 아무리 우리 병력의 수가 많다곤 하나 적은 강병입니다. 능히 백인장급의 역할을 수행하는 이들이 대다수인 데다가 저 단단한 성을 끼고 있지 않습니까. 무리하게 덤벼들었다간 반드시 패배하고 말 것입니다."

상황을 잘 몰라서 하는 말이다. 아수라는 그렇게 생각하며 상세한 설명을 이어 갔다.

"그러니까 부관의 말은 적 하나가 우리 병력 백을 감당할 수 있단 말이지?"

"그보다 많으면 많았지, 결코 적지는 않을 겁니다."

이제 조금은 말이 통하는 것 같다.

어떻게든 정훈을 설득해야만 하는 아수라로선 흐르는 땀이 식는 기분이었다.

"그럼 우리 병사 하나가 적 하나를 감당할 수 있으면 어떻게 되지?"

이게 또 무슨 개똥같은 말인가.

지금 와서 그런 가정이 무슨 의미가 있을까 싶지만, 또 대답은 하지 않을 수 없었다.

"만약 그렇게만 된다면 충분히 해볼 만한 승부가 될 것 같습니다."

만약 비슷한 전력의 병사, 거기에 공성 인원이 수성보다 10배가 넘을 경우 공성에 성공할 확률은 매우 높다.

하지만 그건 비슷한 수준의 병사들일 때의 이야기이기에 지금 그들에겐 해당 사항이 없었다.

"그래? 그럼 그렇게 만들면 되겠네."

영문 모를 말을 중얼거린 정훈이 갑작스레 손을 번쩍 들었다.

그의 왼손, 중지에는 지금껏 한 번도 보지 못했던 해골 문양의 반지가 끼어져 있었다.

"사자들이여 깨어나라!"

지하에서 울리는 듯한 그 음성이 귓가에 파고든 순간이었다.

"오옷!"

아수라는 별안간 느껴지는 강력한 힘에 전율해야만 했다.

몸속에서 샘솟는 이 강렬한 기운은 뭐란 말인가. 아니, 그 출처는 명확하다.

대장군. 그가 또 기적을 일으킨 것이 분명했다.

"대장군, 이 힘은?"

"죽은 자들을 위한 노래."

정훈이 발휘한 건 망자곡이라 불리는 권능이었다.

지금껏 한 번도 선보인 적 없었던, 사실은 사용할 일이 없었던 태고급 사자의 반지를 착용하면서 생시는 세트 효과 중 하나였다.

본래는 10개의 다른 세트를 모두 두아야만 발동할 수 있는 능력이나 보완 스킬을 지닌 정훈은 그중 하나인 사자의 반지 하나만을 착용하면서 세트 효과를 발휘할 수 있었다.

이 능력이 지닌 효과는 죽은 자들의 능력을 상승시키는 것이었다.

아니, 정확히 말하자면 좀 더 상위의 괴물로 만들어 주는 것이다.

좀비는 구울로, 해골 병사는 해골 전사로, 상위의 능력을 손에 넣게 된다.

"그으악!"

"캬악!"

그 변화는 곧장 눈에 보였다.

부패한 시체의 모양새였던 좀비의 육신이 변화해 긴 손톱과 발톱이라는 무기를 지니게 되었다.

해골 병사들은 어떤가.

녹슨 방어구만을 착용하고 있던 그들은 조금은 찌그러져 있으나 그래도 확실히 광택으로 빛나는 무구로 몸을 보호했다.

"정말 놀랍습니다, 대장군!"

아수라처럼 외형적인 변화는 없어도 능력이 상승한 병사들도 많았다.

느껴지는 힘을 최소 측정해 보건대 망자곡을 듣기 전보다 무려 배는 상승했음을 느낄 수 있었다.

"하지만 이 정도로 정면전을 벌이기에는……."

분명 놀라운 변화다.

하지만 이 정도로는 정훈이 말했던 1:1을 이끌어내진 못한다.

이제야 10이 모이면 하나를 상대할 수 있을 정도였다.

"아직 내 일은 끝나지 않았다, 부관."

물론 거기서 그칠 턱이 없었다.

'치느님, 시작해.'

–이들을 강화하면 되는 겁니까?

'그래.'

확답을 들은 즉시 치느님의 영롱한 광채가 더욱 거세게 뿜어져 나왔다.

화악.

세상을 집어삼킬 듯한 그 빛은 정확히 절망의 군이 있는 범위를 덮었다.

"우오옷!"

예상한 것처럼 그냥 단순한 빛이 아니다.

강화의 권능이 담겨 있는 빛은 주위에 절망의 군 모두에게 강력한 강화 버프를 걸어 주었다.

망자곡에 이어서 신룡이라 불리는 치느님의 강화마저 더해지자, 느껴지는 힘은 측정이 불가능할 정도였다.

"이 정도면 가능한가, 부관?"

"충분히 해볼 만합니다."

넌지시 묻는 그 말에 아수라는 고개를 끄덕였다.

몸에서 넘쳐나는 이 힘.

이 힘을 당장에라도 쏟아붓고 싶은 마음뿐이었다.

"해볼 만한 정도면 안 되지."

정훈은 확실한 것을 선호한다.

그렇기에 50퍼센트의 승률에 만족하지 않았다.

찌익.

마법 양피지가 연이어 찢겨져 나간다.

콱!

일정 범위 안에 있는 아군의 능력을 상승시키는 깃발이 땅에 박혀 들어갔다.

겹치지 않는, 중첩시킬 수 있는 모든 소모성 아이템을 사용했고, 그 결과는 어마어마했다.

"보아라. 이분이 우리를 이끄는 대장군이시다!"

광분한 아수라가 목소리를 드높였다.

듣도 보도 못한 희귀한 마법 물품을 통해 아군의 능력을 비약적으로 상승시켰다.

처음에는 필패를 점쳤으나 이제는 다르다.

장담하건대 별다른 변수가 있지 않은 이상은 반드시 승리한다.

"출진하라!"

마침내 정훈의 명령이 떨어졌다.

두두두두.

지축을 울리며 10만의 대군이 모란 성을 향해 나아가기 시작했다.

그 움직임에는 두려움 따위는 없었다.

애초에 두려움을 느끼지 못하는 죽은 자인 것도 있지만,

비약적인 능력의 상승으로 인해 자신감 또한 생겼다.

게다가 정훈이 사용한 소비 아이템 중에는 아군의 사기를 고취시킴과 동시에 광폭하게 변하는 '광란의 깃발'이라는 것도 포함되어 있었다.

지금 절망의 군 모두는 피에 미친 괴물들이었다.

눈앞에 있는 적들을 죽여 갈증을 해소해야만 하는 그런 괴물들 말이다.

"쏴라!"

성벽에서부터 찢어지는 음성이 들려왔다.

누군지 보지 않아도 알 수 있다.

현재 모란 성의 성주인 발의 외침이었다.

콰콰콰콰.

진군하는 절망의 군 위로 무수히 많은 기운이 쇄도했다.

마법과는 원리가 다른, 주술이라 불리는 것이었다.

위력만으로 보자면 마법에 부족할지 모르나 각종 상태 이상을 불러일으키는 능력이기에 전쟁터와 같은 특수한 상황에서 더욱 빛을 발한다.

어림잡아도 수천 명이 동시에 발휘한 위력이다.

그것도 모란 성이 자랑하는 화력 부대인 태양의 사제들이 발휘한 것이니 만큼 그 위력을 의심할 여지는 없다.

콰콰콰콰쾅!

마침내 충돌을 일으킨 주술에 의해 엄청난 폭발이 일어

났다.

한 치 앞을 분간할 수 없는 자욱한 흙먼지가 피어올랐지만, 이내 다시금 시작된 진군에 순식간에 사라졌다.

"이럴 수가!"

성벽에서부터 경호성이 터져 나왔다.

폭발음에 비해 생각보다 피해가 크지 않았다. 아니, 사실 피해가 전무하다고 봐야 할 것이다.

방패를 든 채 주위의 모든 공격을 방어한 해골 방패병이 노련하게 응수했기 때문이다.

예상치 못한 일일 수밖에 없었다.

해골 방패병이라고 해 봐야 조무래기 아니었던가.

아니, 애초에 저들이 지닌 무구로 태양의 사제가 발휘한 주술을 막는 것 자체가 말이 안 되는 일이었다.

"진군!"

아군의 피해 상황을 확인한 아수라가 서둘러 외쳤다.

적들이 넋을 놓은 사이 어떻게든 거리를 좁혀 봐야만 했다.

"이익! 뭣들 하고 있느냐. 공격해라!"

아수라의 재빠른 대처에 발 또한 공격을 명했다.

아주 잠깐 동안 넋을 놓은 것이지만 그 사이 거리를 상당히 좁힌 상태였다.

'어떻게 이럴 수가 있지?'

전투는 예상과 전혀 다른 흐름으로 흘러가고 있었다.

처음 그들을 봤을 때만 해도 조무래기 병사라 판단했다.

자만이 아니었다.

저들이라면 수성이 아닌 백병전을 펼친다 해도 이길 자신이 있을 정도였다.

그런데 이게 어떻게 된 일인가.

회심의 공격을 막은 것으로도 모자라 예사롭지 않은 몸놀림까지.

마치 조금 전의 그 병사들과는 다른 존재들인 것 같았다.

방심할 수 없다.

당황한 이들이 빠르게 수습했다.

마력을 손에 모아 각자 발휘할 수 있는 능력을 펼쳐 보였다.

콰콰쾅!

어김없이 일어나는 폭음.

방패병들이 분전했지만, 그 모든 공격을 다 막아 낼 순 없는 일이었다.

게다가 공격을 받을수록 방패병의 팔이 떨어져 나가거나 방패가 제 역할을 할 수 없는 상태가 되어 더는 아군을 보호하지 못했다.

그렇지만 마냥 상황이 나쁘지만은 않았다.

거리를 확실히 좁혔다. 성벽이 손에 닿을 듯 가까운 곳까지 당도한 것이다.

"사다리를 가져와. 모두 성벽을 넘어라!"

절망의 군은 별다른 공성 무기를 지니고 있지 않았다.

그저 성벽 위에 걸칠 수 있는 사다리가 전부.

하지만 이 겁을 모르는 병사들은 너 나 할 것 없이 사다리를 오르며 성벽을 탐하기 위해 최선을 다했다.

"막아라. 녀석들을 성안에 들일 순 없다!"

워낙 단순한 전략이었기에 막는 것은 그리 어렵지 않았다.

그저 사다리를 자르거나 올라오는 족족 죽여 버리면 그만이었다.

물론 처음에는 그리 생각했다.

"으악!"

눈먼 칼을 맞은 모란 성 병사 하나가 쓰러졌다.

'벌써?'

물론 그 한 명이 당할 동안 수천이 넘는 적군이 쓰러져 나갔다.

하지만 그래서 더욱 무섭다.

보통 이 정도까지 먹히지 않으면 겁을 집어먹거나 사기가 떨어져야 정상이기 때문이다.

그런데 이들은 겁을 먹기는커녕 시간이 지날수록 더욱 광분하는 듯 대담해지고, 몸놀림이 빨라졌다.

"도대체 어떻게 된 녀석들이야?"

모란 성 병사 하나가 발작적으로 소리쳤다.

어찌 된 게 고작 한 명이 당했을 뿐인 그들이 더 공포에 질려 가고 있었다.

그만큼 상대의 대담함은 그들을 질리게 하는 정도였다.

화르륵.

점차 성벽을 넘는 절망의 군이 증가하고 있을 때였다.

하늘을 향해 혀를 날름거리듯 붉은 불길이 치솟았다. 아니, 한 군데가 아니다.

곳곳에서 일어난 불길은 절망의 군 병사들을 흔적도 없이 태워 버렸다.

"태양왕님이다!"

"빛의 기사단이 왔다."

붉은색 갑주로 무장한 일단의 무리를 확인한 이들이 환호성을 터뜨렸다.

감히 황제를 두고서도 왕의 이명을 얻은 인물.

성주인 발의 남편이기도 한 태양왕 광光이 전투를 돕기 위해 나선 것이었다.

모란 성을 상징하는 최고의 정예 부대.

하나하나가 능히 1천 명의 군대를 감당할 수 있는 그들은 등장하는 즉시 성벽을 넘은 적들을 태워 버렸다.

"겁먹지 마라. 나와 내 기사들이 있는 한 누구도 이 성벽을 넘을 순 없을 것이다!"

성벽에 있는 모든 적을 일거에 쓸어 버린 그가 의기양양하게 외칠 때였다.

"아주 지랄을 하세요."

하늘을 향해 검을 치켜든 그를 향해 무서운 속도로 쇄도하는 이가 있었다.

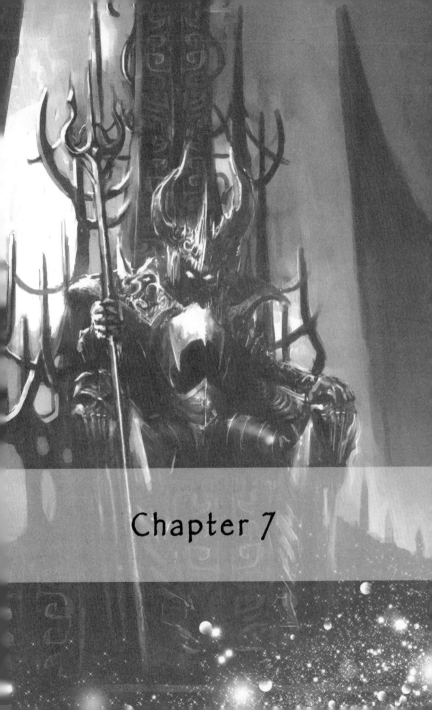

Chapter 7

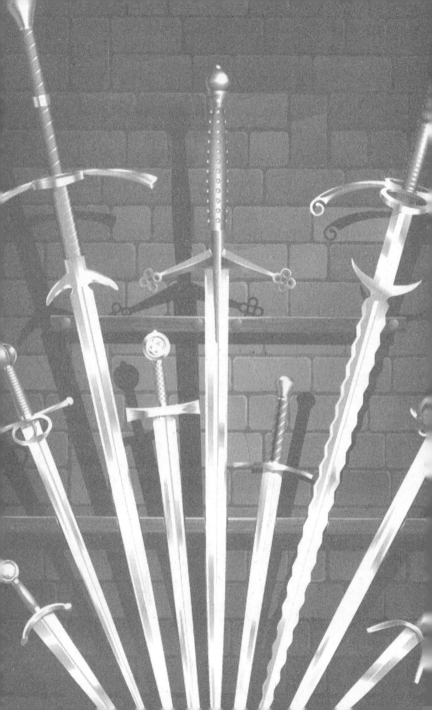

불과 조금 전, 전황을 바라보고만 있던 정훈이 움직인 건 태양왕과 그의 부하들이 모습을 드러낸 뒤였다.

순식간에 공간을 도약한 그는 고작 한 번 지면을 박차는 것으로 모란 성의 거대한 성벽을 넘었다.

성벽에 발이 닿은 즉시 다시 한 번 튕기며 온갖 폼이란 폼은 다 잡고 있는 태양왕을 향해 접근했다.

"겁먹지 마라. 나와 내 기사들이 있는 한 누구도 이 성벽을 넘을 순 없을 것이다!"

우렁차게 외치는 그 모습이 왠지 꼴 뵈기가 싫다.

"아주 지랄을 하세요."

특유의 비아냥거리는 말투와 함께 그의 사정거리에 파고

들었다.

스릉.

검집에서 빠져 나온 용광검을 수직으로 베었다.

카캉!

범상치 않은 몸놀림에 놀라는 것도 잠시.

몸이 먼저 반응할 정도로 그는 충실히 단련을 쌓은 이였다.

"크흐!"

하지만 전력이 담긴 정훈의 일격에 급급히 뒤로 물러나야
만 했다.

절망의 군과 마찬가지로 지금의 정훈은 모든 버프 아이템
을 통해 능력치가 비약적으로 상승한 상태였다.

그 어마어마한 힘을 감당할 수 있는 존재라면 성주인 발을
제외하면 없다.

"단장님을 지켜라!"

"녀석을 막아!"

형편없이 밀려나는 그 모습을 지켜본 기사들이 재빨리 주
변을 에워쌌다.

나름 단장을 지키기 위해 애쓰는 감동적인 모습이나 정훈
에게는 그저 불길에 의해 달려드는 불나방 그 이상이 아니
었다.

서걱.

압도적인 힘은 모든 방어 수단을 종잇장처럼 찢는다.

정훈의 공격이 그러했다.

현신의 끝에 달한 능력치, 세트 효과로 도배된 무구, 거기에 활용할 수 있는 모든 버프가 다 걸려 있는 상태의 그는 절대적이란 단어 외에는 설명할 수 없는 무력을 자랑했다.

정훈이 검을 휘두를 때마다 어김없이 수십의 적들이 쓰러진다.

그중에는 모란 성 최고의 전력이라 불리는 빛의 기사들도 다수 포함되어 있었다.

태양왕이 아닌 이상 누구도 그의 일격을 막아 내지 못했다.

지금까지 예상 외의 상대를 만나서 그렇지, 정석적인 시나리오대로 흐른다면 정훈을 감당할 만한 존재는 없는 게 당연한 것이었다.

그 삼국무쌍이라는 게임에서의 영웅들이 그러하듯 정훈도 혼자서 무쌍을 찍고 있었다.

"트, 틀렸어. 저건 괴물이야."

"하늘이 재앙을 내려 주신 거야!"

장내에 펼쳐진 광경은 재앙이라고밖에 표현할 수 없는 것이었다.

고작 한 사람의 등장이었지만, 그로 인해 전세는 완전히 역전되었다.

정훈이 성벽 위에서 무쌍을 찍고 있는 동안 절망의 군 병력이 속속 도착해 이제는 모란 성 병력을 압도할 정도가 되었다.

하지만 그것만으로는 부족하다. 확실한 결정타를 날리기 위해선 한 가지 일을 수행해야만 했다.

"어디서 한눈을 파는 것이냐!"

태양왕과 대치하던 중이었다.

감히 자신과 싸우는 중에 눈을 돌린 그를 용납할 수 없었던 그는 노호성을 터뜨리며 전력을 담은 일격을 펼쳐 보였다.

화르륵.

불꽃에 휩싸인 검이 세상을 태울 것처럼 맹렬한 불꽃을 발산했다.

태양왕의 비전 절기이기도 한 멸화의 검이다.

지금껏 수많은 강자들이 그의 비기에 한 줌의 재가 되었지만, 정훈에게는 따뜻한 봄날의 햇살에 불과했다.

"죽는 게 소원이라면야."

천방지축 날뛰는 녀석에게는 매가 약이다.

웅웅웅.

찰나의 순간 다량이 마력이 용광검에 주입되었다.

화르르륵.

태양왕이 뿜어낸 불꽃과는 비교조차 할 수 없는 기운이 사방을 뒤덮었다.

"맙소사!"

쇄도하는 도중이었지만, 그 기운을 느낀 태양왕은 경악할 수밖에 없었다.

태양신이라 불리는 발의 기운을 일부 전이받은 그였다.

그런데도 고작 이 정도의 힘을 내는 것이 전부였다.

그러나 지금 정훈이 뿜어낸 불길은 발의 것과 흡사한 위력이었던 것이다.

"말도 안 돼! 그녀는 나만의 것이다!"

무언가 단단히 착각한 듯 눈이 뒤집힌 그가 모든 마력을 쏟아부어 멸화의 검을 펼쳤다.

"지랄."

이죽거리는 욕설과 함께 가볍게 검을 내리그었다.

스팟!

강렬한 두 기운이 만난 것치고는 별다른 소음이 일어나지 않았다.

너무도 일방적이었기 때문이다.

정훈의 검은 경로를 막은 그 모든 것을 베어 냈고, 또한 불태워 버렸다.

파스스.

재가 되어 휘날리는 태양왕의 육신이 그것을 증명하고 있었다.

"태양왕님이 당하다니……."

"마, 말도 안 돼!"

태양왕의 죽음을 확인한 이들의 사기가 떨어지는 건 당연한 일이었다.

"성주님. 가엾은 우리를 돌보아 주십시오."

"이제는 당신이 나서야 할 때입니다."

전투 중이라는 것도 잊었는지 태양의 사제들이 무릎을 꿇은 채 기도를 올리기 시작했다.

고 나라 최강의 힘을 지닌 발이라면 능히 지금의 난국을 타개할 수 있으리라 생각했기 때문이다.

그들에게 있어서 발은 일개 성주가 아니라 신이나 다름없었다.

"미안하지만 그녀는 오지 않아. 그리고……."

탓!

말을 하는 도중 지면을 박차며 뛰어 올랐다.

그의 신형이 포물선을 그리며 조금 전부터 명령이 내리던 성의 탑에 올랐다.

"너희들이 그토록 바라는 신은 없으니까."

탑을 감싸고 있던 천을 걷어 냈다.

한 평 남짓한 작은 공간에 있는 것이라곤 아무것도 없었다.

"발 님이 사라졌어?"

"어째서?"

"아아, 부족한 우리를 버리신 게야."

"제발 다시 돌아와 주시옵소서."

발이 사라졌다.

이 같은 충격적인 소식에 많은 이들이 하염없이 눈물을 흘려 댔다.

그것은 흡사 광신도를 보는 모양새였다.

이미 전투 의지를 잃어버린 그들로 인해 전투는 싱겁게 끝을 맺었다.

드르륵.

성벽을 고정하고 있던 도르레가 돌아가고 아웅다웅하며 성벽을 오르려던 절망의 군 전원이 무사히 성으로 입성할 수 있었다.

그 누구도 넘볼 수 없을 거라 여겼던 철옹성을 고작 1시간이 지나기도 전에 점령한 것이다.

"대장군님이 모란 성을 점령하셨다!"

아수라가 승리의 포효를 터뜨렸다.

"부관."

승리에 취한 아수라를 불러 세웠다.

"하명하십시오."

존경의 빛이 한층 더 강해졌다.

나중에 가다간 허리도 펴지 못하는 게 아닐까 여겨질 정도였다.

"이곳의 정리를 맡기도록 하지. 나는 잠시 해야 할 일이 있어서."

"따로 병력이 필요하시진 않습니까?"

"병력? 누가 누굴 보호하는데?"

"그렇군요. 알겠습니다. 뒷정리는 맡기시고 천천히 볼 일을 보십시오."

정훈의 한마디에 찍소리도 하지 못했다.

지금 이 자리에서 그를 지킬 수 있는 자격이 있는 인물이 없기 때문이었다.

아수라에게 무안을 준 정훈은 곧장 걸음을 옮겼다.

내성으로 들어간 그는 하염없이 안쪽으로 들어갔다.

그렇게 계속해서 들어가던 그는 태양왕의 거처에 당도할 수 있었다.

한 번도 와 본 적은 없으나 오르비스의 지식을 습득했기에 이 모든 광경이 익숙했다.

방 안으로 들어간 그는 주변을 휘하고 둘러보더니 이내 수많은 책이 정렬되어 있는 서가로 이동했다.

찬찬히 책을 살펴보던 그는 그리 튀지 않는, 수많은 책 중 하나를 빼냈다.

하나만이 아니다.

정훈은 주변을 돌아다니며 배열에 관계없이 마구잡이로 책을 뺐다.

그그긍.

한참을 그렇게 책을 빼내던 중 무언가 마찰하는 굉음과 함께 책장이 회전하기 시작했다.

'아주 고전적인 수법이지.'

책장 위에 몸을 실어 숨겨져 있던 벽면으로 이동했다.

오직 태양왕만이 알고 있는 비밀 장소가 나타났다.

빛 한 점 들지 않는 칠흑의 암동.

하지만 정훈의 시야는 마치 대낮처럼 어둠을 꿰뚫어 보고 있었다.

푸슉!

태양왕이 아니라면 파악할 수 없는 치명적인 함정이 그를 반겼다.

카카캉!

정훈은 독이 발린 비도를 한 치의 오차도 없이 모두 튕겨 냈다.

누군가에게는 목숨을 위협하는 치명적인 함정이라 할 수 있을 것이었다.

하지만 적어도 지금의 정훈에게 이 모든 건 아이들의 장난 감보다 못한 수준에 불과했다.

함정이 있건 말건 빠른 속도로 통로를 나아간다.

애써 준비한 모든 함정이 파괴되었고, 곧 그는 암동의 끝에 다다를 수 있었다.

"그대는 광이 아니군요."

그를 반긴 건 가녀린 여성이었다.

핏빛처럼 붉은 머리칼과 창백한 피부가 이질적인 아름다움을 남기고 있다.

바로 모란 성의 성주인 발이었다.

적어도 이곳에서만큼은 황제보다 더욱 막강한 신임을 얻고 있는 그녀는 족쇄로 묶인 채 암동에 갇혀 있는 상태였다.

"뭐, 네가 예상한 인물이 아니긴 하지."

그리 말한 그가 발을 향해 한 걸음을 내디뎠다.

"오지 마세요!"

뾰족한 비명이 터져 나왔다.

"당신이 누구인진 모르겠으나 더는 접근하면 안 됩니다."

불안한 듯 눈동자가 흔들린다.

그녀는 지금 두려워하고 있었다.

낯선 침입자를?

아니, 그녀가 걱정하는 건 침입자가 다가옴으로 인해 생길 재앙 때문이었다.

"저, 저는 저주받은 몸입니다. 그 이상 접근했다간 당신도 불길에 의해 목숨을 잃을 겁니다."

그녀는 물기가 묻어나는 처연한 음성으로 정훈의 접근을 제지했다.

"왜? 네가 가진 그 저주받은 힘 때문에?"

발의 염원대로 그 자리에 멈춰 선 정훈이 말문을 열었다.

"다, 당신. 제 저주에 관해서 알고 있는 건가요?"

"물론 알고 있지. 네가 지닌 태양의 힘. 다가오는 모든 생명체를 말살하는 그 놀라운 능력을 말이야."

오르비스의 지식에 상세히 나와 있었다.

발의 탄생과 그 저주받은 능력에 관해서 말이다.

이 세상 유일의, 지고한 황제의 무남독녀로 태어난 발.

사실 그녀의 탄생은 여러모로 축복이나 다름없었다.

오랫동안 황제의 슬하엔 자식이 없었다.

매번 아기를 잉태하긴 했으나 얼마 지나지 않아 죽음에 이르러 더는 낳을 수 없는 지경에 이른 상태였다.

슬픔에 빠진 나날을 보내던 어느 날, 황제는 신비한 꿈을 꾸었다.

빛으로 휩싸인 어떤 존재가 말하길…….

"그대들이 지닌 음기가 너무 강하여 아이가 태어나도 병들어 죽을 수밖에 없다. 누구도 오르지 못한 북쪽 태양의 고원에 핀 화련초를 먹이도록 해라. 그렇게 하면 무사히 아이를 낳을 수 있을 것이다."

단순히 꿈이라 하기에는 너무도 현실과 같았다.

이에, 한번 해보자는 심정으로 태양의 고원을 찾은 황제는 그곳에서 온갖 시련과 맞서야만 했다.

그는 상상 속에서나 등장할 법한 각종 영물들과 혈투를 벌였다.

한 번 실수하면 목숨을 잃을 수밖에 없는 괴진을 뚫어야
했고, 그곳을 지키는 강력한 수호자들과도 한판 승부를 벌여
야만 했다.

강력한 힘을 지닌 황제조차도 힘겨울 수밖에 없는 여정이
었다.

하지만 그는 시련에 굴복하지 않은 채 나아갔다.

그렇게 그는 온갖 시련의 끝에서 화련초라 불리는 붉은 꽃
을 발견할 수 있었다.

꿈에서 말한 것처럼 신비한 약초가 있었다.

단순히 꿈이 아니라는 것을 깨달은 그는 일러주었던 대로
화련초를 즙으로 만들어 삼켰다.

그렇게 태어난 자식이 바로 발이었다.

처음의 걱정과는 달리 그녀는 잔병치레 하나 없이 무럭무
럭 자라났고, 황제에게 큰 기쁨을 주었다.

축복은 그것만이 아니었다.

발의 탄생 이후 네 명의 자식을 더 낳아 행복한 나날을 보
냈다.

그 행복은 영원할 줄 알았다.

발의 여덟 번째 생일, 그 일이 있기 전만 해도 말이다.

발의 여덟 번째 탄생일.

그녀를 총애하는 황제의 편애에 의해 나라가 떠들썩할 정

도의 성대한 축제가 열렸다.

그것이 세상의 종말인 것처럼 모두가 마시고 즐기는, 축제다운 축제였다.

모처럼 개방된 자금성에 만백성이 구름처럼 모여들었고, 발을 축복하기 위한 기인이사들이 자리를 함께했다.

그것이 못내 흥겨웠음일까.

황제는 그 자리를 빌려 한 가지 중대한 소식을 전했다.

바로 발이 지닌 특별한 능력에 관한 것이었다.

불꽃을 다루는, 아니 불꽃이라기보단 그것은 태양에 비견될 수 있는 힘이었다.

황제의 자신감 넘치는 말에 사람들은 그녀의 힘을 견식하길 원했고, 그녀 또한 기꺼운 마음으로 이에 응했다.

하지만 그건 실수였다.

발이 지닌 능력은 그녀조차 제대로 조종할 수 없는 강력한 힘이었던 것이다.

많은 이들이 보는 앞이라 긴장한 그녀는 결국, 실수를 저지르고 말았다.

불꽃으로 용을 만들어 내려던 그녀는 힘의 조절에 실패했고, 그 불똥이 동생에게 튀고 말았다.

그냥 작은 불똥이 뿐이었다.

하지만 불똥은 찰나에 불과한 순간 동생의 육신을 한 줌의 재로 만들어 버렸다.

놀란 사람들의 부정적인 감정이 파도처럼 발의 심경을 헤집어 놨다.

그리고 폭주가 시작되었다.

그 누구도 막을 수 없는 강렬한 불길이 사방을 휘감은 것이다.

힘의 폭주로 인해 이성을 잃어버렸던 그녀는 잠시 후에야 겨우 의식을 되찾을 수 있었다.

곧이어 드러난 광경에 아연실색할 수밖에 없었다.

화마가 휩쓸고 지나간 자리에 남은 것은 검은 잿더미뿐이었다.

그나마 황제는 자신의 능력을 이용해 겨우 그 자리를 벗어날 수 있었을 뿐, 그를 제외한 그곳에 모인 모두가 죽음에 이르고 말았던 것이다.

그 일이 있은 이후로 발은 스스로의 요청 하에 모란 성으로 거처를 옮겼다.

물론 그 절망적인 사건은 철저히 비밀리에 부쳐졌다.

다만 소문마저 막을 수 없어 발의 그 뛰어난 능력에 관한 이야기는 입을 타고 퍼져 나갔다.

그 내막을 알고 있는 자라면 발이 믿고 의지하는 유일한 친우, 광밖에 없었다.

모란 성에 도착한 그녀는 철저히 제한된 생활만을 보내야만 했다.

또 언제 힘이 폭주해 끔찍한 사건을 발생할지 알 수 없었기 때문이다.

하지만 모란 성의 사람들은 심성이 착하고 순박한 이들이었다.

사람 대하기를 꺼려 하는 그녀에게 다가가 먼저 말을 걸어주고 또한 세상 사는 이야기를 들려주었다.

끔찍한 사건 이후 닫혀 있었던 발의 마음은 서서히 그들을 받아들이기 시작했다.

그리고 그것은 또 다른 불행을 낳았다.

비록 예전과 같은 힘의 폭주는 일어나지 않았으나 자연스레 흘러나오는 그녀의 기운에 의해 대가뭄이 시작되고 만 것이다.

가뭄은 많은 것을 잃게 하는 재앙이었다.

농작물이 자라나지 못해 백성들은 기아에 시달렸으며, 물을 먹지 못해 탈수로 죽는 이들 또한 부지기수였다.

그로 인해 발은 깨달을 수 있었다. 자신은 누군가와 어울릴 수 있는 존재가 아니라는 것을, 저주받은 몸이라는 사실을 말이다.

결국, 그녀는 능력을 봉인하는 강력한 결계와 불길을 막는 지하 암동을 만들어 그곳에 스스로를 가두었다.

오직 한 명, 친우인 광에게만 그 사실을 알린 채 말이다.

"놀라운 능력 따위가 아니에요. 이것은, 이 힘은 저주받은 능력일 뿐입니다."

처연한 그녀의 음성이 사무치게 파고들었다.

그런 절망적인 일을 겪은 이가 아니라면 담을 수 없는 감정이었다.

하나 고작 주민 따위의 감정에 휘둘릴 심성을 지닌 정훈이 아니었다.

"그 저주받을 운명을 내가 끊어 줄 수 있는데."

단언하는 그 말에 발의 눈동자가 커졌다.

"그, 그게 정말인가요? 당신은 이 저주를 끊을 방법을 알고 있는 건가요?"

처연함 속에 한 줄기 희망이 깃들어 있다.

그녀는 진심으로 이 저주에서 벗어나고 싶었다.

이 저주만 끊을 수 있다면 그것이 어떤 보상을 요구한다 해도 들어줄 용의가 있었다.

"물론 알고 있지. 너의 그 저주를 끊을 방법은……."

잠시 머뭇거려 기대를 극대화시킨다.

"……죽음이다!"

어쩐지 악당과도 같은 대사를 내뱉은 정훈이 검을 뽑아 들었다.

한 줄기 빛도 들지 않는 암동에 드리운 서늘한 예기가 발의 몸뚱이를 베었다.

화륵.

하지만 그 예기는 보호하듯 나타난 불꽃으로 인해 목적을 거두지 못했다.

"소용없어요. 삶에 미련이 없기에 목숨을 끊는 방법도 생각해 봤지만, 이렇게 불가능한 일이랍니다."

그녀의 힘은 무척 신비한 것이어서 삶을 끊을 수 있는 기회조차 주지 않았다.

우선 타인에 의한 죽음은 지금처럼 멋대로 일어난 권능으로 인해 불가능했다.

그렇다면 자살은 어떨까.

수십 번의 시도가 있었지만, 모두 실패했다.

불에 빠져 죽으려고 했으나 불꽃의 힘이 모든 물을 메마르게 했다.

줄에 목을 매어도 봤지만, 역시 한 줌의 재로 변한 줄을 볼 수 있을 뿐이었다.

태양의 권능은 그녀가 자살하려는 모든 원인을 제거해 버렸다.

"당신이 누군지는 모르겠지만, 어서 도망가세요. 당신의 적의를 읽은 이 저주받을 힘이 멋대로 날뛰려고 하고 있어요."

그녀의 고운 아미가 일그러졌다.

정훈이 일으킨 적의는 잠자고 있던 그녀의 힘을 건드리고 말았다.

임의로 막고는 있었으나 언제 폭주할지 알 수 없었다.

"막지 않아도 돼. 어차피 널 죽여 그 힘을 탈취할 생각이
니까."

정훈이 본심을 드러냈다.

힘들게 기린을 죽여 가며 이 모란 성에 오게 된 건 눈앞의
발을 죽여 죄인을 소환하려는 목적도 있었지만, 그녀가 지닌
태양의 힘을 탈취하기 위함도 있었다.

발이 지닌 능력은 누군가에게 귀속된 게 아니다.

단지 숙주의 몸을 이용하는 것뿐.

그렇기에 그녀를 죽이게 된다면 정훈이 취할 수도 있는 형
태였다.

태양옥太陽玉.

그것을 취할 수만 있다면 모든 것을 태워 버리는 불길은
물론 화속성에 대한 면역력을 가질 수 있게 된다.

정훈으로선 반드시 취해야 하는 보물이었다.

"아아, 더는 통제할 수 없어요."

조금씩 새어 나오던 불길이 그녀의 온몸을 뒤덮었다.

흰자위 가득한 눈은 새빨간 불꽃으로 가득 찼으며 그녀가
내뿜는 숨결에선 불길이 쏟아져 나왔다.

힘의 폭주 상태, 화마火魔의 단계에 돌입한 것이다.

화륵.

이지를 잃은 그녀의 목적은 모든 생명체를 말살하는 것.

그렇기에 눈앞에 있는 정훈을 향해 사정없이 불길을 쏘아 보냈다.

단 한 번도 태우지 못한 게 없었다.

물론 그건 정훈이라는 이를 만나기 전의 기록이었다.

성혼에서 생성된 빛의 방패가 불길을 완전히 차단했다.

아무리 대단한 능력이라 한들 절대의 방어 앞에서 무의미한 일이었다.

'강하다!'

하지만 마냥 태연할 순 없었다.

성혼으로 일으키는 방어는 공격이 얼마나 강하냐에 따라 마력 소모가 달라진다.

고작 한 번의 공격을 방어하는 데 정훈이 지닌 마력 중 10분의 1이 증발해 버렸다.

현신의 끝에 이른 그 마력은 무한하다고 봐도 무방할 정도였으나 고작 한 번의 공격에 한계를 드러낸 것이다.

'최대한 빨리 끝낸다.'

성혼의 도움 없이는 방어 자체가 불가능하다.

그렇다면 그에게 주어진 기회는 고작해야 열 번이 한계였다.

그 기회가 끝나기 전에 마무리를 지어야만 했다.

물론 이 강력한 상대를 없애기 위한 대책은 이미 마련된 상태였다.

꿀꺽.

성혼을 이용한 방어를 펼친 직후 물약을 삼켰다.

지금까지와는 달리 능력치가 증가하거나 하는 일은 없었다.

표면적으로는 아무런 변화도 생기지 않았다.

'치느님, 시작해.'

-알겠습니다. 마스터.

미리 언질해 둔대로 치느님을 소환해 제어의 권능을 발휘했다.

드득.

주변의 공간이 뒤틀렸다.

선과 선이 만나 한 평 남짓한 작은 공간의 감옥을 만들었다.

그것은 이 세계와는 전혀 다른 독립된 공간, 제어의 권능을 이용해 생성된 곳이었다.

좁은 곳에서라면 불길을 다루는 발이 더 유리할 수밖에 없다.

그녀의 거센 불길은 이 작은 공간에 있는 모든 것을 태우려는 듯 사납게 영역을 확장했다.

피할 만한 공간이라곤 없다.

정훈이 할 수 있는 일이라곤 성혼을 든 채 그녀의 공격을 방어하는 것뿐이었다.

"크으."

마력이 쉴 새 없이 빠져나가고 있었다.

마력의 회복속도에 관해서도 일가견이 있는 그지만, 밑 빠진 독에 물을 붓는 것처럼 그것을 채워 넣는 건 불가능한 일이었다.

사나운 불길이 목숨을 노리고 날아왔다.

아무리 봐도 정훈이 벌인 일은 스스로를 죽음으로 모는 것으로밖에 여겨지지 않았다.

'이제 슬슬 입질이 와야 할 텐데.'

확신은 하고 있었으나 목숨이 걸린 일인 이상 조금은 불안할 수밖에 없었다.

게다가 이 위력.

생각보다 더욱 강력한 불길에 의해 예상보다 더욱 빠른 속도로 마력이 소모되는 중이었다.

긴장된 그의 시선이 발과 그녀가 내뿜는 불길에 고정되었다.

화르륵.

그것은 갑작스러운 변화였다.

맹렬한 불길을 뿜어 대던 발의 불길이 점차 힘을 잃기 시작한 것이었다.

'왔구나.'

바닥을 드러내가는 마력도 서서히 차오르기 시작했다.

상대의 공격이 그만큼 약화되고 있음을 의미하는 것.

기다리고 기다리던 때가 찾아온 것이다.

"불은 태울 게 있어야만 타오르는 법이지."

옅은 미소를 지은 정훈이 중얼거렸다.

무결점의 괴물로 인식되던 발의 유일한 약점이라면 오직 불길만을 이용한 공격이라는 점이었다.

웬만한 불길이라면 상극의 속성인 물을 이용해 제압할 수도 있겠지만, 발의 불길은 상극마저도 태워 버릴 정도의 대단한 불꽃이었다.

그러면 이를 어떻게 상대해야 할까.

그 근원적인 정답이 바로 이 공간의 감옥이다.

불꽃이란 건 태울 게 있어야 타오르는 법이다.

물론 발의 권능은 공기가 있는 것만으로도 충분히 연료를 얻을 수 있다.

하지만 한 평 남짓한 좁은 공간, 게다가 모든 것을 차단한 이곳이라면 거센 불길에 의해 공기마저도 사라지게 된다.

공기가 모두 소멸하면 정훈도 위험하지 않을까.

그래서 조금 전 태고급의 물약인 호흡의 비약을 마신 것이었다.

이 호흡의 비약이란 건 체내에 공기의 주머니를 만들어 30분 동안은 숨을 쉬지 않고도 살 수 있게 만들어 준다.

화마 상태에 접어든 발이야 공기가 필요 없기에 죽지는 않겠지만, 그 불길은 약화시킬 수 있었다.

눈에 띄게 줄어든 불꽃으로 인해 더는 성혼의 권능을 개방할 필요도 없었다.

"하아, 하아."

폭주하던 힘이 약해지자 비로서 발이 의식을 차릴 수 있었다.

발은 공기가 부족한지 가쁜 호흡을 내뱉었다.

하지만 그녀에게 내재된 태양의 권능은 그녀가 죽지 않도록 신비한 힘을 발휘할 것이다.

"이, 이곳은?"

그토록 우려하던 폭주 상태.

혹시 지난번과 같은 불상사가 일어난 게 아닐까 우려의 시선이 주변을 훑었다.

다행히 참사는 일어나지 않았다.

그리고 이어진 것은 의문이었다.

"이게 어떻게 된 일이죠?"

"폭주하는 네 능력을 막았다. 그거면 충분한 것 아닌가?"

많은 것이 함축된 질문에 정훈은 간단히 답했다.

폭주하는 힘을 막았다.

그 말에 숨은 의미를 깨달은 그녀가 눈을 동그랗게 뜨며 물었다.

"대단하군요. 아버지조차도 막지 못한 화마를 물리치다

니."

어쩐지 처음보다 더욱 처연한 음성이 뒤따른다.

"그럼 이제 절 죽이시는 건가요?"

"물론."

"그렇군요. 이제 이 저주받은 삶을 끝낼 기회가 온 것이군요."

잠시 고개를 아래로 떨구고 있던 그녀가 물기가 묻어나는 눈동자를 들었다.

"그 전에 한 가지만 부탁드려도 될까요?"

"말해라."

"혹 아버지, 헌원 황제를 만나시거든 저는 행복하게 살고 있다고 전해 주세요. 못난 자식이어도 그 죽음에는 슬퍼하실 테니 말이죠."

"유언은 그게 다인가?"

"네. 그렇게만 해 주신다면 죽어서도 여한이 없어요."

오랜만에 밝은 미소를 지어 보였다.

그 모습을 짧게나마 응시하던 정훈의 손이 번뜩였다.

푸욱.

혹시 몰라 물의 기운을 잔뜩 머금은 용광검이 정확히 심장을 관통했다.

어떻게든 숙주를 살려 내기 위해 태양의 힘이 권능을 발휘해 보았으나 약해질 대로 약해진 그 힘은 치명적인 상처를 치유할 수 없었다.

"아, 그리고 일찍 알려 주지 못해서 미안한데, 네 유언은 따로 전해 줄 필요가 없어. 어차피 황제 또한 저승으로 널 찾아갈 테니 말이야."

하지만 그녀는 그 마지막 말을 듣지 못했다.

저주받은 일생을 보내야만 했던 황제의 딸 발.

그녀의 열여덟 살 인생의 꽃이 떨어지는 순간이었다.

툭.

발이 쓰러지고 난 자리에 나타난 건 불꽃이 넘실대는 주먹 크기의 공이었다.

숙주의 죽음에 의해 마침내 본 모습을 드러낸 것이다.

태양옥은 혼자서는 아무것도 하지 못한다.

숙주의 몸에 기생을 해야만 비로소 그 강력한 능력을 발휘할 수 있다.

쓰러진 발을 무심히 응시하던 정훈은 이내 태양옥을 집어 들었다.

ㅡ마스터, 혹여 모르시는 것 같아 말씀드리는 거지만, 그 녀석은 아주 위험한 물건입니다. 복용하시는 데 충분히 주의를 기울이는 게……

마스터의 안전을 염려한 치느님의 경고는 의미 없는 행위에 불과했다.

꿀꺽.

치느님이 말이 채 끝나기도 전에 정훈은 태양옥을 삼켜 버렸다.

"생각보다 괜찮은데?"

태양의 권능을 품은 것이기에 연옥 때와 같은 어마어마한 고통이 뒤따를 것이라 생각했다.

하지만 막상 삼킨 그것은 맛도 훌륭하거니와 아무런 고통도 느껴지지 않았다.

다만 느껴지는 거라곤 몸이 따뜻하다는 정도로, 그것도 민감하지 않으면 결코 눈치챌 수 없는 세기였다.

─물론 고통은 없을 겁니다. 녀석은 숙주의 몸을 해할 정도로 지능이 모자라지 않습니다. 다만 이제부터 시작될 겁니다. 녀석의 시험이.

"읍!"

말이 끝나기가 무섭게 변화가 시작되었다.

섬광이 터지듯 눈부신 빛이 사위를 감쌌다.

감히 눈을 뜰 수 없을 정도의 빛이었기 때문에 다급히 손으로 이를 가려야만 했고, 잠시 후에야 잃었던 시야를 회복할 수 있었다.

"여긴?"

주변이 온통 새하얗게 물든 곳.

정훈에게는 잊을 수 없는 곳이었다.

"입문자의 방!"

처음 이계에 끌려온 그를 반겼던 입문자의 방이었다.

주변을 장식한 수천, 수만 개의 문이 그것이 사실임을 증명하고 있었다.

"고약한 취미로군."

시험이 시작될 것이라는 건 진즉에 알고 있었다.

그런데 그 무대를 입문자의 방으로 꾸며 놨을 줄은 상상도 하지 못했다.

"어이, 악취미 녀석, 이제 그만 나오는 게 어때?"

태양옥, 아니 화마의 존재에 대해 알고 있는 상태다.

녀석이 시험의 무대를 마련했으니 곧 나타날 것이라는 것도 알고 있었다.

"키킥. 오랜만에 괜찮은 숙주라 생각했더니. 역시 보통이 아니네."

끼익.

장난기 가득한 음성과 함께 오른쪽에 있던 거대한 문이 열렸다.

입문자의 방에서 몬스터가 등장했던 바로 그 문이었다.

"여어, 안녕!"

모습을 드러낸 건 불꽃에 휩싸인 소년이었다.

사실 소년이라고 생각한 것도 그렇게 생각했기 때문에 그리 보이는 것뿐, 정확히는 그냥 불꽃으로 이루어진 어떤 존재라 할 수 있을 것이다.

"열심히 준비해 봤는데 어때? 마음에 들지 않아?"

"별로. 그다지 좋은 추억이 깃든 곳은 아니어서 말이야."

"에이, 재미없게. 넌 감정이라는 것도 없냐. 놀라기도 하고 뭐 좀 반응이 있어야 하는 거 아냐?"

"재미없다라……. 평소에 자주 듣던 말이로군."

"칫. 정말 재미없는 녀석이네."

둘의 대화는 잠시 단절되었다.

잠시간의 시간이 지난 후 침묵을 깬 것은 바로 불꽃의 소년, 화마였다.

"눈치를 보아하니 이곳에 끌려온 이유는 알고 있는 것 같은데. 너 알고 있지? 그치?"

"아니면 아무리 나라도 이렇게 태평할 순 없겠지."

"우와! 넌 내 숙주가 된 적도 없는 데 어떻게 알고 있는 거야?"

"우연히 알게 됐다고 해 두지."

"비밀? 비밀이라면 또 내가 사족을 못 쓰는데. 그거 알려 주면 안 될까?"

"내가 직접 알려 줄 순 없고. 네가 내 의식을 차지한다면 다 알 수 있겠지. 안 그래?"

"정답. 그 정도까지 상세하게 알고 있는 걸 보니 진짜 궁금하긴 하네."

갑작스레 변한 공간, 입문자의 방은 사실 실체가 아니다.

이곳은 바로 정훈의 정신, 그의 의식 속이었다.

바로 태양옥을 복용한 자에게 치러지는 화마의 시험을 위해서였다.

"다 알고 있으니 놀래켜 주는 재미도 없고. 그럼 바로 본론으로 들어가자. 알고 있겠지만, 나는 화마. 태양옥에 갇힌 외로운 존재라고나 할까? 어쨌든 이곳으로 널 부른 이유는 나를, 태양의 권능을 사용할 만한 자질이 있는지 시험하기 위해서야."

화마의 시험이란 바로 태양의 권능을 다룰 수 있는 지에 관한 자격을 시험하는 것이었다.

"지금껏 수많은 이들이 내 시험을 치렀지만, 그 누구도 통과하지 못했어. 그리고 그건 너라고 해서 다르진 않을 거야."

화마가 의식을 가지기 시작한 억겁의 세월 동안 아무도 그 시험을 통과하지 못했다.

"발이란 인간 여자 또한 시험에 견디지 못했지. 뭐, 그에 대한 결과는 잘 알고 있으리라 믿어."

화마의 시험을 통과하지 못하게 되면 대표적인 두 가지 현상을 겪게 된다.

힘에 취해 모든 존재를 소멸할 때까지 파괴 행위를 멈추지 않거나, 가끔씩 폭주를 일으켜 영원히 저주받은 생을 이어 나가거나.

"어차피 너도 통과하지 못할 테니 순순히 의식을 먹히는 게 어때? 그럼 아무런 고통도 느끼지 않고 편해질 수 있거든."

"그건 해 보지 않고는 모르는 거지."

"그래? 그래 봐야 너만 고통스러울 텐데. 뭐, 고집을 피우니 나도 어쩔 수 없지. 그럼 시험을 시작할게."

딱!

손을 튕기는 것으로 시험의 시작을 알렸다.

"방식은 간단해. 내가 너에게 10개의 시련을 내릴 거야. 그 모든 시련을 제압하면 네가 이기는 거고, 반대로 네가 패배를 인정하는 순간 게임은 끝. 네가 이기면 내 권능을 마음대로 사용할 수 있지만, 반대로 지게 되면 너의 의식은 내 것이 되는 거야. 물론 순순히 넘겨주게 될 경우엔 고통 없이 의식을 삼켜 주겠는데, 반항을 하게 될 거라면 뭐, 뒷일은 책임지지 않아. 이래 보여도 나는 꽤 끔찍한 고문이라는 걸 많이 알고 있거든. 키키킥."

요사한 웃음소리가 울려 퍼졌다.

어쩐지 듣는 이로 하여금 불안한 기분을 느끼게 하는 종류의 것이었다.

"자, 그럼 나와 주세요!"

화마의 외침과 함께 조금 전 그가 등장했던 거대한 문이 열렸다.

꾸물꾸물.

모습을 드러낸 건 슬라임이었다.

처음 입문자의 방에 나타났을 때 그를 반겼던, 바로 그 약화된 슬라임이었다.

"처음부터 세게 나가면 너무 재미없잖아. 준비 운동 삼아 처치해 봐. 다음에는 어떤 녀석이 나올지 기대하라고. 키키킥."

물론 준비 운동 따위가 필요할 턱이 없었다.

서걱.

정훈의 손에서 번뜩인 용광검의 궤적이 약화된 슬라임의 핵을 갈라 버렸다.

"이봐, 이봐. 그렇게 싱겁게 하면 재미없잖아. 조금은 즐겨 봐."

"……."

하지만 정훈은 아무런 대꾸도 하지 않았다.

마치 대화가 들리지 않는 듯 침묵으로 일관했다.

"정말 그렇게 재미없게 나온다 이거지? 그럼 나도 어쩔 수 없어. 아주 작정하고 깔아뭉개 버릴 거야."

"네 수작은 빤히 알고 있으니까 그만 닥치는 게 어때?"

조용히 입을 다물고 있었던 정훈이 결국 한마디를 내뱉었다.

"뭐, 뭐라고?"

"괜히 불안감을 심어 줘서 더 강력한 몬스터를 나오게 하려는 수작이라는 걸 알고 있다고."

정훈이 자신 있게 태양옥을 삼킬 수 있었던 것, 그리고 화마의 시험에 응한 것은 자신이 있기 때문이었다.

창조주의 개입으로 쓸모없어진 때가 많았지만, 오르비스의 지식은 게임의 공략본이라 할 수 있을 정도로 폭 넓은 지식을 제공했다.

그중 태양옥의 시험에 관한 건 단연 백미라 할 수 있을 만한 것이었다.

화마의 시험은 일반적인 전투가 아니라 정신력의 싸움이다.

다만 전투처럼 보이게 하기 위해 포장을 해 놓은 것뿐이었다.

사실 화마가 건드릴 수 있는 부분이라곤 처음 등장하는 아주 약한 몬스터가 전부였다.

그 다음부터는 시험을 치르는 이의 상상력을 통해 완성이 된다.

조금 전부터 끊임없이 중얼거렸던 것도 단순히 자신의 재미를 위한 것이 아니라 어떻게든 나쁜 상상을 하게 만들어 더 강력한 몬스터를 불러들이려는 발악에 지나지 않는다.

"애초에 10개의 시련 자체도 다 거짓이지."

10개의 시련? 그러한 법칙은 없다.

화마의 시험이 요구하는 건 오직 하나다.

눈앞에 있는 화마를 제거하는 것. 그것이 이 시험의 진정한 목적이었다.

화마는 이것을 속이기 위해 제한된 조건 등을 걸어 시험자를 혼란에 빠뜨린다.

바로 자신이 원하는 무대를 꾸미기 위해서 말이다.

만약 정훈이 이러한 사전 정보를 알지 못했더라면 꼼짝없이 당했을 것이다.

기이한 힘을 지닌 화마의 화술에 넘어가 더욱 강력한 괴물을 상상했을 테고, 커질 대로 커져 버린 상상은 감당할 수 없는 괴물을 탄생시켰을 터였다.

하지만 그 간계를 파악하고 있는 이상 당할 염려가 없다.

오히려 그에게 이 시험은 무척 간단한 것에 지나지 않았다.

화술을 제외한 별다른 전투 능력이 없는 화마를 제압하면 되는 일이기 때문이다.

"자, 잠깐. 뭔가 크게 오해하고 있는 것 같은데. 날 공격하면 반칙으로 네 의식은 사라지게 되고 말걸. 신중하게 생각……."

다음 말은 필요치 않았다.

어느새 뻗어 나간 정훈의 검이 화마의 몸뚱이를 갈라 버렸다.

"이, 이럴 수는 없어. 어떻게 살아왔는데……. 크아악!"

이곳은 엄연히 정신의 세계.

물리적인 공격은 곧 정신력에 비례한다.

강렬한 의지를 품은 것인 만큼 이번 일격은 화마의 의식을 죽이기에 충분한 것이었다.

고오오오.

하얀 바닥에 생겨난 블랙홀이 화마의 육신을 빨아 당기기 시작했다.

억겁의 세월 동안 수많은 숙주를 기만해 온 화마의 의식이 마침내 사라지는 순간이었다.

그리고 그것이 의미하는 건 정훈이 태양의 권능을 사용할 자격을 얻었다는 것이었다.

사물이 뒤바뀌었고, 그는 본래 있어야 할 암동으로 돌아왔다.

－화마의 시험을 통과했습니다.

－'스킬 : 화마'를 획득했습니다.

화마(패시브)

효과 : 불의 능력을 한 단계 상승
불 속성에 대해 면역력 부여
숙련도 : Max
설명 : 태초부터 존재해 온 불의 근원. 이를 사용할 자격을 얻은 자는 화신火神의 경지에 이르게 된다

싱거운 전투치고는 그 보상이 달콤했다.

–무사히 시험을 통과하셨군요, 마스터!

아직 주위에 남아 있었던 치느님이 그에게 축하의 인사를 건넸다.

듣는 둥 마는 둥 그 인사를 받아 넘긴 정훈이 용광검에 마력을 주입했다.

화륵.

그러자 불꽃이 솟아올랐다.

언뜻 봐서는 예전과 달라진 게 없어 보이나 정훈은 느낄 수 있었다.

'웬만한 녀석은 모두 잿더미로 만들 수 있겠어.'

불 속성의 새로운 영역을 개척했다. 그 위력은 조금 전 발이 발휘했던 것과 비교할 바가 아니다.

육체의 성능 자체가 틀리기 때문이다.

게다가 화마에 의해 의해 의식이 삼켜진 그녀는 그 능력을 제대로 활용하지 못했다.

그에 반해 정훈은 온전히 화마의 기운을 흡수했고, 전투 능력마저도 완숙의 경지에 이르렀다.

그가 화마를 얻게 된 것은 아군에게는 크나큰 축복이지만, 적군에게는 재앙과 다름없는 일이었다.

'하지만 아직 끝나지 않았다.'

자신에게 주어진 모란 성 정복에 성공했다.

하지만 그가 할 일은 아직 끝나지 않았다.

모란 성을 제외한 나머지 3개의 성.

그곳에 숨어 있는 죄인의 핏줄을 제거해야만 했다.

그것이 51층에 감금되어 있는 죄인을 깨우는 조건이었기 때문이다.

다음 권으로 이어집니다

200평 초대형 24시 만화방

수면실 (침대식)	사우나석
다인석	샤워실
세탁기	신간100%

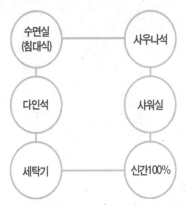

📖 수원 인계동점

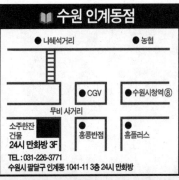

● 나혜석거리 ● 농협

● CGV ● 수원시청역 ⑧

무비 사거리

소주한잔 건물
24시 만화방 3F
홍콩반점 홈플러스

TEL : 031-226-3771
수원시 팔달구 인계동 1041-11 3층 24시 만화방

📖 의정부점

의정부역 ④ ⑤ 흥선지하도

◀서울방향

진성약국 던킨도넛츠

24시 만화방 3F

TEL : 031-856-3971
경기도 의정부시 의정부동 197-13 3층

📖 주안점

주안 남부역

◀제물포 민병철 어학원 간석동▶

25시 만화방 6F

TEL : 032-426-2871
인천광역시 주안남부역 지하상가 4번 출구 GS25시 건물 6층

📖 안양점

● 안양역 육교

◀관악역 명학역▶

농협

24시 만화방 2F
안양일번가

TEL : 031-466-3771
경기도 안양시 안양동 674-163 조이당구장건물 2층